地域文化传播研究丛书

华不注山诗文选注

张振　许浩　选注

山东大学出版社

图书在版编目(CIP)数据

华不注山诗文选注/张振，许浩选注. —济南：山东大学出版社，2018. 12

ISBN 978-7-5607-6257-9

Ⅰ. ①华… Ⅱ. ①张… ②许… Ⅲ. ①古典诗歌－诗集－中国 ②古典散文－散文集－中国 Ⅳ. ①I211

中国版本图书馆 CIP 数据核字(2018)第 289579 号

责任编辑：刘森文
封面设计：牛　钧
封面题字：阴　波

出版发行：山东大学出版社
　　社　址　山东省济南市山大南路 20 号
　　邮　编　250100
　　电　话　市场部(0531)88363008
经　　销：新华书店
印　　刷：济南华林彩印有限公司
规　　格：720 毫米×1000 毫米　1/16
　　　　　12 印张　223 千字
版　　次：2018 年 12 月第 1 版
印　　次：2018 年 12 月第 1 次印刷
定　　价：42.00 元

山东青年政治学院
SHANDONG YOUTH UNIVERSITY OF POLITICAL SCIENCE

山东青年政治学院学术专著出版基金资助项目
山东省高水平应用型立项建设专业(群)建设经费资助项目

《地域文化传播研究丛书》
编 委 会

总　序

文化是一个国家、一个民族的灵魂。

2014年，习近平总书记指出，民族文化是一个民族区别于其他民族的独特标识。要加强对中华优秀传统文化的挖掘和阐发，认真汲取中华优秀传统文化的思想精华和道德精髓，使中华优秀传统文化成为涵养社会主义核心价值观的重要源泉。2017年，习近平总书记在十九大报告中强调，要坚持中国特色社会主义文化发展道路，激发全民族文化创新创造活力，建设社会主义文化强国。要深入挖掘中华优秀传统文化蕴含的思想观念、人文精神、道德规范，结合时代要求继承创新，让中华文化展现出永久魅力和时代风采。

地域文化是特定区域内源远流长、独具特色，传承至今仍发挥作用的文化传统，是该区域物质财富和精神财富的总和。不同区域的地域文化，不仅是源远流长的中华文化的有机组成部分，而且是中华民族的宝贵财富，它承载着传统文化的因子。如果借助地域文化的切口，充分挖掘地域文化中的传统文化资源，不仅能有效激活优秀传统文化对当今社会精神指引的作用，还能为传统文化的传承与传播找到途径，并且反过来为地域文化本身的复兴找到可持续发展的路径。

山东区域历史悠久，人文荟萃，文化积淀丰厚，地域文化特色鲜明。为全面贯彻落实党的十八大、十九大精神，深入学习贯彻落实习近平总书记系列重要讲话精神，推动中国特色社会主义文化的研究与传播，深入挖掘和广泛传播山东地方村落传统文化资源，服务地方经济社会发展，助力美丽乡村建设，2014年9月，山东青年政治学院文化传播学院牵头筹建了地域文化传播研究中心，整合了学校相关学科的学术力量，共同开展地域文化传播研究。中心立足于学校“双轮驱动”的发展战略，结合建设应用型本科院校的发展目标，以山东地域文化资源的发掘、梳理和研究为基础，着力凝练和传承优秀的传统文化，探索文化研究成果的形态转化、传播及其应用推广，打造独具地域特色、有一定影响力的齐鲁文化研究平台，更好地发挥高校人才培养、服务社会、学术研究和文化传承的功能。

该中心自成立以来，坚持“传播齐鲁文化，传播先进文化，传播主流文化”的服务宗旨，通过学科渗透、专业协同、能力整合、实践联动等方式，形成了校地、校企、校校等多种合作模式，在工作理念、梯队建设和成果呈现等方面，都进行了一系列有益的探索，形成了地域文化研究、传播和成果转化的鲜明特色。为了系统总结地域文化传播研究的成果，更好地服务地方经济社会建设，中心编辑出版《地域文化传播研究丛书》，首批研究成果由以下两个部分共三本书构成：

第一部分是济南华山文化研究。华不注山，又名“华山”，地处济南东北郊，在清代中期以前，一直与大明湖、趵突泉并称为“济南三大名胜”，曾长期占据济南第一历史文化名山的位置。后来因周边湖水干涸，游人渐稀，加之千佛山崛起，昔日名山渐渐湮没于荒草枯树之中。2009 年，济南市历城区华山历史文化公园项目规划出台，济南市政府计划在华山片区，建设华山国家历史文化公园，开挖华山湖，将华山、驴山、南卧牛山、北卧牛山四座名山围在湖中，变成四座“湖中岛”。为了全面梳理华不注山的历史文化，为华山历史文化公园建设提供智力支持，2014 年 10 月，在济南市历城区人大党组书记、第一副主任阴波先生的积极倡导和大力推动下，在山东大学文化遗产研究院副院长张士闪教授的亲自指导下，学校专门设立华山文化研究专项，成立课题组，对华不注山诗文资料进行汇编和选注，最终编成《华不注山诗文资料汇编》和《华不注山诗文选注》两书。《汇编》主要收录与华不注山相关的中国古代诗词曲赋、游记碑记和其他文献资料，《选注》主要对历代咏颂华不注山的优秀诗文进行注释。这两本书的面世，对于进一步发掘华不注山的历史文化资源，对于促进山东地域文化发展和建设，都将起到积极的作用。

第二部分是沂源县院峪村研究。闵仲书院位于沂源县东里镇院峪村东北的松山脚下，为沂源县西南、沂水县西北两县交界处，旧属沂水县，故闵仲书院为沂水古八景之一。相传孔子弟子闵子骞和仲子路曾在此读书，书院内有子路的磨剑石和闵子骞的晒书台。山东青年政治学院、山东师范大学和青岛大学三个高校的几位教师，带领学生进村进行研究调查，在获得大量一手数据和资料的基础上，合力完成了《院峪村文化志》的编纂。《院峪村文化志》系山东青年政治学院学术成果，首次以校企合作的形式完成，不仅有效挖掘、梳理、研究并提炼了以闵仲书院为中心的院峪村所承载的传统文化优良品格，而且还为开掘山东省其他地区文化中传统文化因子提供了借鉴和参照。

2017 年 3 月，山东青年政治学院和莱芜市正式签署校地战略合作协议，在莱芜职业技术学院党委书记师承瑞教授的大力推动下，地域文化传播研究中心的工作聚焦莱芜，以促进“莱芜乡村文化建设与乡村发展”为主题，开始了在莱芜市农村传统文化资源普查、保护、传承及开发利用方面的战略合作。重点开展莱芜市村落传统文化资源全面普查，建立数字化、影像化、故事化的乡村文化资源数据库；利用微电影、戏剧、文学作品等，创作生产一批集思想性、艺术性、观赏性于一体的文艺精品，推进村落优秀文化资源的传播；打造村落优秀传统文化研究平台，完成“一图、一书、一影、一网、一展室”的村落优秀传统文化资源普查成果。合作产生的相关成果将纳入《地域文化传播研究》丛书序列陆续出版。

山东青年政治学院文化传播学院院长　刘绍芹

2017 年 10 月 31 日

目　录

诗　歌

散　文

诗歌

唐代

李白

（一首）

李白（701～762），字太白，号青莲居士。祖籍陇西成纪（今甘肃天水秦安），先世隋时因罪徙西域。他生于安西都护府之碎叶城（今吉尔吉斯斯坦境内），约五岁时随其父迁居绵州彰明县（今四川江油）之青莲乡。天宝初，因道士吴筠及贺知章推荐，曾至长安，供奉翰林，但不久即遭谗去职。安史乱起，因参加永王李璘幕府而受牵累，长流夜郎，途中遇赦。晚年飘泊东南一带，最后病殁于当涂。他的诗，现存九百多首。有《李太白集》三十卷。

古风[1]

（其二十）

昔我游齐都[2]，登华不注峰。兹山何峻秀，绿翠如芙蓉。萧飒古仙人，了知是赤松[3]。借予一白鹿[4]，自挟两青龙[5]。含笑凌倒景[6]，欣然愿相从。

【注释】

［1］詹锳《李白全集校注汇释集评》此诗题解：“此诗宋蜀本、咸淳本均止于‘欣然愿相从’。萧本将此首与以下‘泣与亲友别’‘在世复几时’二首合成一首。王本、《唐宋诗醇》、《校注》、安本均从之。胡本、《古诗笺》，此诗与‘泣与亲友别’合为一首。朱谏《李诗选注》将此首与‘在世复几时’合为一首，均误。今依宋蜀本。按《古今图书集成·山川典》卷二三《历山部汇考》华不注山《艺文二》，载李白《游华不注登后追味》诗：‘昔我游齐都，登华不注峰。兹山何峻拔，绿秀如芙蓉。潇洒古仙人，了知是赤松。借余一白鹿，自挟双青龙。含笑凌倒影，欣然愿相从。’即是此诗，仅有数字之差异，而诗意全同。诗题与此诗甚为切合，正是此诗独立成篇之确证。”

［2］齐都：唐齐州，今济南。

［3］赤松：汉刘向《列仙传》卷上：“赤松子者，神农时雨师也。服水玉以教神农，能入火自烧。往往至昆仑山上，常止西王母石室中，随风雨上下。炎帝少女追之，

亦得仙俱去。至高辛时，复为雨师。”

[4]白鹿：朱谏注：“白鹿者，鹿千岁而色白也。凡鹿与龟、鹤至千岁而色皆变白，而知能通灵矣。……骑鹿乘龙，皆仙人事。”

[5]两青龙：刘向《列仙传》卷下：“呼子先者，汉中关下卜师也。老寿百余岁，临去，呼酒家老妪曰：‘急装，当与妪共应中陵王。’夜有仙人持二茅狗来。至呼子先，子先持一与酒家妪，得而骑之，乃龙也。上华阴山，常于山上大呼，言‘子先酒家母在此’云。”

[6]倒景：即“倒影”，指天上最高处。汉司马相如《大人赋》：“贯列缺之倒景兮，涉丰隆之滂沛。”

宋 代

曾 巩

（一首）

曾巩（1019～1083），字子固，建昌南丰（今江西南丰）人。宋仁宗朝进士，熙宁五年（1072 年）后，历任齐州（今山东济南）、福州、沧州等知州，均有政声。官至中书舍人，世称“南丰先生”。著名散文家、史学家、政治家。著有《元丰类稿》。

华不注山[1]

虎牙千仞立巉巉[2]，峻拔[3]遥临济水南。翠岭嫩岚晴可掇[4]，金舆陈迹[5]久谁探。高标[6]特起青云近，壮士三周[7]战气酣。丑父遗忠[8]无处问，空馀一掬野泉[9]甘。

【注释】

[1]北宋熙宁五年，曾巩任齐州知州，此诗当作于齐州任上。题下原注：“《水经》：华不注山虎牙桀立，孤峰特起，青崖翠岭，望如点黛。《舆地志》又云：‘亦名金舆山。’”

[2]巉巉（chán chán）：形容山势峭拔险峻。唐张祜《游天台山》诗：“巉巉割秋碧，娲女徒巧补。”

[3]峻拔：高耸挺拔。唐刘禹锡《华山歌》：“俄然神功就，峻拔在寥廓。”

[4]掇（duō）：拾取。《诗经·周南·芣苢》：“采采芣苢，薄言掇之。”

[5]陈迹：即下文所讲的“壮士三周”“丑父遗忠”事。

[6]高标：泛指高耸特立之物。唐李白《蜀道难》诗："上有六龙回日之高标，下有冲波逆折之回川。"

[7]三周：《左传·成公二年》齐晋鞌之战，"齐师败绩。逐之，三周华不注"。

[8]丑父遗忠：《左传·成公二年》齐晋鞌之战齐国战败之后，"逢丑父与公易位。将及华泉，骖絓于木而止。……丑父使公下，如华泉取饮"，齐顷公因此得以逃脱。

[9]野泉：即指华泉，因临华不注山而得名。其名最早见于《左传·成公二年》，唐段成式《酉阳杂俎》说此泉"方圆百步"。今已淤塞，故址不复可考。

金 代

元好问

（一首）

元好问（1190～1257），字裕之，号遗山，太原秀容（今山西忻州）人。金宣宗兴定五年（1221年）进士。曾任南阳县令、尚书省左司员外郎等。金亡，不仕。他工诗、词、散文，是金末元初著名的文学家、历史学家。著有《遗山集》，编有《中州集》。

华不注山[1]

元气遗形老更顽，孤峰直上玉孱颜[2]。龙头突出海波沸，鳌足[3]断来天宇间。齐国伯图[4]残照里，谪仙诗兴[5]冷云间。乾坤一剑无人识，夜夜光芒北斗寒[6]。

【注释】

[1]题下原注："济南作。"

[2]孱(chán)颜：险峻、高耸貌。唐李商隐《荆山》诗："压河连华势孱颜，鸟没云归一望间。"

[3]鳌足：《淮南子·览冥训》："于是女娲炼五色石以补苍天，断鳌足以立四极。"这句是说华不注山如同女娲用来支撑着天的鳌足。

[4]伯图：即霸图。伯，通"霸"。齐国在鞌之战中失败，霸图遂同残照。

[5]谪仙诗兴：指李白游华不注山所写《古风》"昔我游齐都"诗。谪仙：即下凡的神仙，此指李白。李白的友人贺知章曾称他为"谪仙人"，李白很喜欢这个称呼，常用以自称。

[6]这两句是用丰城宝剑的故事，说华不注山如同乾坤之间的一把宝剑。晋初，牛、斗之间常有紫气照射。雷焕告诉张华说是宝剑之精，上彻于天。张华遂命雷焕寻找，结果在丰城牢狱的地下，发掘到宝剑一双，一名龙泉，一名太阿。事见《晋书·张华传》。

元 代

郝 经

（一首）

郝经（1223～1275），字伯常，祖籍泽州陵川（今山西陵川），生于许州临颍城皋镇（今河南许昌），元初名儒，得忽必烈赏识。中统元年（1260 年）以翰林侍读学士充任国信使，奉诏使宋，被拘十余年。至元十一年（1274 年）被释，途中患病，至大都后不久去世。著有《陵川集》。

华不注行

昆仑山巅半峰碧，海风吹落犹带湿[1]。意气不欲随群山，独倚青空迥然[2]立。平地拔起惊孱颜，剑气[3]劲插青云间。济南名泉七十二[4]，会为一水来浸山[5]。我来方作鲸川游，玉台[6]公子邀同舟。君山浮岚洞庭晚，小孤滴翠清江秋[7]。酒酣兴极烟霏昏，鱼龙惨淡回山根。少陵[8]不来谪仙死，举杯更欲招其魂。魂兮不来天亦老，元气崔嵬[9]山自好。超超绝顶凌长风，注目东溟[10]望蓬岛[11]。

【注释】

[1]这两句是说华不注山来自昆仑山巅，被海风吹落。昆仑山，中国西部的山脉，西起帕米尔高原，横贯新疆、西藏间，延伸至青海境内。在中国文化史上，昆仑山具有“万山之祖”的显赫地位。

[2]迥然：卓越不群貌。华不注山周边地势平坦，故云。

[3]剑气：见前元好问《华不注山》注释[6]。

[4]名泉七十二：据《齐乘》所载金代《名泉碑》记济南有七十二名泉。据调查，济南城内有天然泉池百余处。

[5]唐宋时期，华不注山周围形成大湖，称“鹊山湖”“莲子湖”，济南诸泉汇成

“泺”“历”二水，灌注其中。至元明时，华不注山周围仍是一派水乡风光。

[6]玉台：传说中天帝的居处。《汉书·礼乐志》：“天马徕，龙之媒，游阊阖，观玉台。”颜师古注：“玉台，上帝之所居。”又可泛指宫廷中的台观。

[7]这两句是说，因当时华不注山处于湖水之中，故将其与洞庭湖中的君山、长江中的小孤山相比拟。君山，洞庭湖中的小岛。小孤，宿松东南长江中的山峰。

[8]少陵：杜甫经常自称“少陵野老”。

[9]崔嵬：显赫、盛大。

[10]东溟：即东海。

[11]蓬岛：即蓬莱山，传说中海上的仙山，今山东烟台有蓬莱市。

胡祗遹

（三首）

胡祗遹(zhī yù)(1227～1295)，字绍开，号紫山，磁州武安(今河北磁县)人。至元元年(1264年)授应奉翰林文字，兼太常博士。后任河东山西道提刑按察副使。至元十九年(1282年)任济宁路总管，后升任山东东西道提刑按察使。著有《紫山大全集》。

华不注山

历山[1]岩壑尽雄豪，平野孤根迥自高。脱海青莲明宝供，倚天翠凤理云毛[2]。三周胜负儿童戏，万古西东日月劳[3]。不大阴深不艰险，好营别业[4]结云巢[5]。

渺渺平波菡萏[6]香，一峰岚玉起中央。青莲出海便千尺，翠凤叫云今几霜。罨画[7]楼台资外护，芙蓉城阙借清光。最宜金碧屏风迥，流水桃源白昼长。

女娲补天炼云腴，偶遗一峰投齐墟[8]。不依乱石徒相杂，直矗平田只自孤。朝闻九合[9]尊王誓，夕阅三周[10]斩将车。问着兴亡淡无语，夕阳寒碧上城隅。

【注释】

[1]历山：即今山东济南市内的千佛山，古称“历山”，又称“舜山”“舜耕山”。

[2]这两句是说，华不注山如同脱海而出的青莲，如同倚天的翠凤。

[3]这两句是说，在华不注山看来，齐、晋三周华不注的鞌之战犹如儿童嬉戏，日月东西运转也可谓徒劳。

[4]别业：即别墅。别业是与“旧业”或“第宅”相对而言，业主原有一处住宅，另营别墅，称为“别业”。

[5]云巢：指隐居修道之处。宋陆游《书怀》诗：“青城结云巢，拟住三千年。”

[6]菡萏(hàn dàn)：即荷花。《诗经·陈风·泽陂》：“彼泽之陂，有蒲菡萏。”

[7]罨(yǎn)画:色彩鲜明的绘画,多用以形容自然景物或建筑物的艳丽多姿。唐秦韬玉《送友人罢举除南陵令》注:“花明驿路胭脂暖,山入江亭罨画开。”

[8]此句说华不注山是女娲炼石补天时遗留在此的。齐墟:济南在春秋战国时属齐地。

[9]九合:指齐桓公多次主持诸侯会盟,以尊王相号召,被推举为盟主。《论语·宪问》:“桓公九合诸侯。”

[10]三周:指齐晋鞌之战中齐顷公失败后三周华不注事。朝、夕:写兴亡变化之快。

王 恽

(一首)

王恽(yùn)(1227～1304),字仲谋,号秋涧,卫州汲县(今河南卫辉)人,元代著名学者、诗人。一生勤奋好学,用功于儒业,问学于永年先生(王磐)、元遗山(元好问)。曾任翰林修撰、监察御史、翰林待制、翰林学士,历河南、燕南、山东宪副,所至皆有声。为文不蹈袭前人,独步当时。有《秋涧先生大全文集》。

华不注歌

齐州山水天下无,泺源之峻华峰孤。秦鞭[1]有力驱不去,天遣一柱标齐墟。初疑太素女娲氏,补天断手兹遗余。又如翠凤翥郊薮[2],来应世瑞开昌图。南山连络虽可爱,未免阿附相承趋。孤撑直上夹右碣,猛视大似天门貙[3]。庆封齐豹[4]两元恶,哆啮[5]犹露雄牙须。不然齐太史[6],冤血凝碧老不渝。化成直笔插天外,堂堂使表春秋诛。乾坤乃有此雄跨,未许鹊药[7]争头颅。江山胜概尽轩豁[8],远客吟眺增踌躇。李白上天不可呼,云烟变化何须臾。后人摹写觑天巧,百匝空绕青芙蕖。文章李杜光焰在[9],有诗无诗将何如。我思齐晋迭雄长,山灵枉被兵战污。桓公九合犹霸事,三周其下真夸谀。会须扶策凌绝顶,望入苍梧叫帝虞[10]。

【注释】

[1]秦鞭:中国民间传说,秦始皇有赶山鞭。《古小说钩沉》辑《三齐要略》云:“始皇作石桥,欲过海观日出处。时有神人,能驱石下海,石去不速,神人辄鞭之,至今悉赤。阳城山上石,皆起立东倾,如相随状,至今犹尔。”

[2]翥(zhù):飞举。唐韩愈《石鼓歌》:“鸾翱凤翥众仙下,珊瑚碧树交枝柯。”郊薮(sǒu):郊野草泽之地。汉桓宽《盐铁论·和亲》:“凤皇在列树,麒麟在郊薮,群生庶物,莫不被泽。”

[3]貙(chū):兽名,也称貙虎。《尔雅·释兽》:"貙,似狸。"郭璞注:"今貙虎也,大如狗,文如狸。"

[4]庆封:春秋时齐国大夫,庆克之子。前548年,与崔杼联合弑齐庄公,拥立景公,崔杼和他分任右相、左相。后灭崔氏而当国。因受到田氏、鲍氏、栾氏、高氏的联合反对,奔鲁,又奔吴。前538年,楚伐吴,庆封被灭族。齐豹:春秋时卫国大夫,与北宫喜、褚师圃、公子朝合谋杀死卫国执政公孟絷。

[5]哆(chǐ):张口。啮(niè):闭口,咬,啃。

[6]齐太史:《左传·襄公二十五年》,崔杼弑齐庄公后"太史书曰:'崔杼弑其君。'崔子杀之。其弟嗣书而死者,二人。其弟又书,乃舍之。"故文天祥《正气歌》中有"在齐太史简,在晋董狐笔"之句。

[7]鹊药:指同在济南市北郊的鹊山、药山。鹊山、药山与华不注山等山峰并称为"齐烟九点"。

[8]轩豁:高大开阔。唐韩愈《南海神庙碑》:"乾端坤倪,轩豁呈露。"

[9]文章李杜光焰在:唐韩愈《调张籍》诗:"李杜文章在,光焰万丈长。"

[10]帝虞:即舜,中国上古时代部落联盟首领,建立虞国,被后世尊为帝,列入五帝,史称帝舜、虞舜、舜帝。

滕安上

（一首）

滕安上(1242～1295),字仲礼,定州人,元代诗人。曾任禹城主簿、国子博士、太常丞、监察御史。著有《东庵集》。

华不注

城下洋洋万顷流,城头落落[1]一峰秋。天垂神剑波涛涌[2],云卷龙旌风雨愁。白也高吟出千仞,齐来鏖战几三周[3]。山灵顾我如相识,飞翠扶摇入酒瓯[4]。

【注释】

[1]落落:稀疏,零落。汉杜笃《首阳山赋》:"长松落落,卉木蒙蒙。"

[2]这句是说华不注峰独特的形状,犹如天垂神剑。

[3]这两句是说,李白曾来此高吟,齐国曾在此鏖战。

[4]酒瓯(ōu):即酒杯。南唐李煜《渔父》词:"花满渚,酒满瓯。"

赵孟頫

（二首）

赵孟頫(1254～1322)，字子昂，号松雪道人，别号鸥波、水精宫道人等，浙江吴兴（今浙江湖州）人，宋室后裔，宋末元初著名书法家、画家、诗人。曾任济南路总管府事、江浙等处儒学提举、翰林侍读学士等职。著有《松雪斋集》。

趵突泉

泺水发源[1]天下无，平地涌出白玉壶。谷虚久恐元气泄，岁旱不愁东海枯。云雾润蒸华不注，波涛声震大明湖[2]。时来泉水濯尘土，冰雪满怀[3]清兴孤。

【注释】

[1]泺水发源：北魏郦道元《水经注·济水二》："泺水出历（城）县故城西南，泉源上奋，水涌若轮。泺水北流为大明湖。"

[2]这两句是历代咏趵突泉诗句中最有名者，现仍悬挂在趵突泉公园泺源堂楹柱上。

[3]冰雪满怀：形容心地纯净洁白或操守清正贞洁。宋文天祥《正气歌》："或为辽东帽，清操厉冰雪。或为《出师表》，鬼神泣壮烈。"

七　古

抱膝独对华不注，孤襟四面天风[1]来。泉声振响暗林壑，山色滴翠落莓苔[2]。散发不冠弄柔翰[3]，举杯向月临空阶。有时扶筇[4]步深谷，长啸袖染烟霞回。

【注释】

[1]天风：风行天空，故称"天风"。汉乐府民歌《饮马长城窟行》："枯桑知天风，海水知天寒。"

[2]莓苔：青苔。晋孙绰《游天台山赋》："践莓苔之滑石，搏壁立之翠屏。"

[3]柔翰：指毛笔。晋左思《咏史》诗："弱冠弄柔翰，卓荦观群书。"

[4]扶筇(qióng)：即扶杖。筇，竹的一种，实心、高节，宜作拐杖。

张养浩

（一首）

张养浩(1270～1329)，字希孟，号云庄，又称齐东野人，山东济南人，元代著名政治家、文学家。曾任监察御史、礼部尚书、中书省参知政事等。著有《归田类稿》《云庄闲居自适小乐府》。

游华不注

苍烟万顷插孤岑，未许君山冠古今[1]。翠刃剚[2]云天倚剑，白头归第日挥金[3]。攀援直欲穷危顶，歌舞休教阻盛心。星月满湖归路晚，不妨吟棹碎清阴[4]。

【注释】

[1]这两句是说，华不注山在万顷湖水之中，正如同君山之在洞庭湖中。

[2]剚(zì)：刺。

[3]挥金：散发或挥霍钱财。晋陶潜《饮酒》诗："虽无挥金事，浊酒聊可恃。"

[4]清阴：清凉的树阴。陶潜《归鸟诗》："顾俦相鸣，景庇清阴。"

吴 当

（一首）

吴当(1298～1362)，字伯尚，江西崇仁人，吴澄之孙，元代学者、诗人。曾任翰林修撰、国子博士、监察御史、江西肃政廉访使等。著有《学言稿》。

送李伯微山东廉使赋华不注峰

华峰秀亭亭[1]，缥缈风雨会。湖光纳空翠，元气蓄冥昧[2]。云来泰山颠，日出方丈[3]外。孤根奠地轴，万木动天籁[4]。危攀望不极，高致[5]君应最。使节无滞留，都人仰旌旆[6]。

【注释】

[1]亭亭：高耸直立貌。汉刘桢《赠从弟》诗："亭亭山上松，瑟瑟谷中风。"

[2]冥昧：指天地未形成时的混沌状态。《易纬・乾凿度》卷上："一阳二阴，物之生于冥昧，气之起于幽蔽。"

[3]方丈：古代中国神话及道教传说海上有神山名为"方丈"，为仙人所居。《史记・秦始皇本纪》："齐人徐市等上书，言海中有三神山，名曰蓬莱、方丈、瀛洲，仙人居之。"

[4]天籁：自然界的声响。语出《庄子·齐物论》："汝闻人籁而未闻地籁，汝闻地籁而未闻天籁夫。"

[5]高致：高尚或高雅的情致、格调。

[6]旌旆：本指旗帜；在此犹尊驾、大驾，指代李伯微。

明　代

薛章宪

（一首）

薛章宪（1455～1514），字尧卿，自号浮休居士，江阴人，明代著名诗人和学者。性喜佳山水，隐于邓阳溪上。著有《鸿泥堂小稿》。

华不注山

岱宗群山宗，历览已宜饫[1]。云胡未属厌[2]，更觅华不注。城东十五里，欵叚[3]聊缓步。到山即所见，厥美殆不啻。石色类染黛，磊落相撑拄。了无空隙处，不受尘土涴[4]。端如青芙蓉，蕋[5]蕋出平地。下有鹊山湖，久矣成沮洳[6]。想当未涸时，临水更妩媚。何时役千掌，畚臿[7]行当具。四十五万丈，老葑[8]一以除。湖山反旧观，民亦饱秔稌[9]。

【注释】

[1]饫（yù）：饱也，厌也。

[2]属厌：亦作"属餍"，饱览之意。

[3]欵：同"款"，缓。叚：同"假"。

[4]涴（wǎn）：污染，弄脏。唐韩愈《合江亭》诗："愿书岩上石，勿使泥尘涴。"

[5]蕋：同"蕊"。

[6]沮洳（jù rù）：低湿之地。《诗经·魏风·汾沮洳》："彼汾沮洳，言采其莫。"这两句写鹊山湖到明代时，已经演变成湿地。

[7]畚臿（běn chā）：泛指挖运泥土的用具。畚，盛土器；臿，起土器。

[8]葑（fēng）：植物名，即芜菁。《诗经·邶风·谷风》："采葑采菲，无以下体。"孔颖达疏："芜菁也。"

[9]秔稌（jīng tú）：粳稻与糯稻。韩愈《柳州罗池庙碑》："秔稌充羡兮，蛇蛟结蟠。"

王廷相

（一首）

王廷相(1474～1544)，字子衡，号浚川，世称浚川先生，河南仪封(今河南兰考)人，明代著名文学家、思想家、哲学家，明朝文坛“前七子”之一。曾任南京兵部尚书、都察院左都御史。著有《王氏家藏集》。

华不注歌

岌嶪[1]登齐城，瞰华不注峰。苍壁峭孤云，怪石蟠虬龙。惊风喷荡万里来，灵气直与秋争雄。岱麓群峰秀袅娜，莲蕊芙蓉万千朵。白日云霞相蔽亏，梁父岨崍[2]朋一火。嵂嵂[3]华不注，别出三山支。仙人移家过西海，坠落拳石成崔嵬[4]。平地突兀青刺天，不一倚附资维持。我昔东游走其下，泉上盘石一停马。崒嶝查牙[5]不得上，胸次巉天讵能泻？济水奔流东入海，绿波绕山年年在。紫凤不来乌鸢翔，石上琅玕[6]日沉彩。呜呼！风尘澒洞[7]兮，逢时之危；龙蛇遁藏兮，豺狼恣睢[8]。孤臣独立兮，不愧兹石；浩气泬漻[9]兮，极于两仪。

【注释】

[1]岌嶪(jí yè)：高峻貌。汉张衡《西京赋》：“疏龙首以抗殿，状巍峨以岌嶪。”

[2]梁父：山名，在山东新泰境内徂徕山以东。秦始皇曾经封泰山而禅梁父。岨崍(cú lái)：即徂徕山，位于泰安市岱岳区徂徕镇。

[3]嵂嵂(lù lù)：高耸貌。

[4]崔嵬：本指有石的土山，后泛指高山。《诗经·周南·卷耳》：“陟彼崔嵬，我马虺隤。”

[5]查牙：错出不齐貌。唐李贺《马诗》：“饥卧骨查牙，粗毛刺破花。”

[6]琅玕(láng gān)：似珠玉的美石。张衡《四愁诗》：“美人赠我金琅玕，何以报之双玉盘。”

[7]澒(hòng)洞：绵延，弥漫。汉贾谊《旱云赋》：“运清浊之澒洞兮，正重沓而并起。”

[8]恣睢(zì suī)：放纵暴戾。

[9]泬漻(xuè liáo)：亦作“泬寥”，清朗空旷貌。《楚辞·九辩》：“泬寥兮天高而气清。”

边 贡

（五首）

边贡(1476～1532)，字廷实，号华泉，山东历城人，著名诗人，明朝文坛“前七子”之一。曾任荆州知府、河南提学副使、户部尚书等职。著有《华泉集》。

与平厓林豸史[1]泛湖，北抵华不注山，夜从陆归

（二首）

浮舟出近郭[2]，落日半溪阴。水阔蒹葭[3]净，山寒烟雾深。壶觞[4]不尽兴，丝竹有余音。独恨黄花[5]少，犹烦隔浦寻。

黄昏过别业，却见旧山僧。客驾聊云息，乡愁转更增。水光浮夜月，林影散秋灯。隔苑闻寒犬，高轩[6]醉懒乘。

【注释】

[1]豸(zhì)史：即推官，官职名称，掌理刑名、赞计典，别称推府、豸史等。

[2]郭：外城。

[3]蒹葭：特定生长周期的荻与芦。蒹：没长穗的荻。葭：初生的芦苇。

[4]壶觞(shāng)：酒器。

[5]黄花：指菊花。《礼记·月令》：“(季秋之月)鞠有黄华。”陆德明释文：“鞠，本又作菊。”宋李清照《醉花阴·重阳》词：“莫道不销魂，帘卷西风，人比黄花瘦。”

[6]高轩：高车。南朝陈徐陵《与杨仆射书》：“高轩继路，飞盖相随。”

故山道中

（二首）

此山青可爱，岩嶂绕云松。暂息野中驾，弥耽[1]尘外踪。石桥今古在，香客往来逢。落日谷风[2]起，依稀闻暝钟。

素盖凌风转，飘飘度石梁。田家始晡食[3]，村店已斜阳。红忆山椒熟，青怜陇麦长。郊行亦何事，能遣世情忘。

【注释】

[1]耽：沉迷，喜好。唐李白《赠闾丘处士》诗：“且耽田家乐。”

[2]谷风：东风。《尔雅·释天》：“东风谓之谷风。”

[3]晡(bū)食：晚餐。晡：申时，即午后三时至五时。

卜山居成有作

久定华山约，今来始卜居[1]。梦游曾屡到，心赏复何如！阛巷环高柳，渊泉[2]抱古墟。从兹簪与绂[3]，当有绝交书。

【注释】

[1]卜居：即择地而居。语出《楚辞·卜居》。

[2]渊泉：华不注山下有华泉，边贡以之为号。

[3]簪：冠簪。绂：缨带。古代官员服饰。

胡缵宗

（一首）

胡缵（zuǎn）宗（1480～1560），字孝思，一字世甫，号可泉，又号鸟鼠山人，甘肃秦安人，明代著名学者、诗人、书法家。曾任山东巡抚、右副都御史。著有《鸟鼠山人集》。

华不注

山突出，石层生，周回苍碧，雾起绣湖，明锦屏擎。帝子珍泉衮衮[1]，仙掌[2]盈盈，百千岁捧云日，三观[3]峥嵘。

【注释】

[1]帝子：常指尧的女儿，即娥皇、女英，在此疑指华不注山。珍泉：华不注山下旧有华泉。衮衮：旋转翻滚貌。

[2]仙掌：西岳华山有仙人掌峰，汉武帝曾造仙人承露盘，均可称为仙掌。此处疑指华不注山如同仙掌。

[3]三观：佛教中有三观说，是天台宗的基本教义之一。谓从事物缘起中观悟空、假、中三谛。此处不知所指。

张 经

（二首）

张经（1492～1555），字廷彝，号半洲，福建侯官（今福建福州）人，明朝抗倭将领。曾任南京兵部尚书，为人刚正，得罪严嵩、赵文华、胡宗宪等，被明世宗处死。著有《半洲稿》。

登华不注峰

壮游历览名山多，蜿蜒突处生嵯峨[1]。未有此山起平地，孤标[2]直与云相摩。峭拔宁须附丘壑，崚峥不用牵岩阿。中原白日见砥柱[3]，远势已觉撑天河。呜呼！丈人之峰乃若此，我生正气当如何。风尘倾洞[4]世弗竞，独立与尔回其波。

【注释】

[1]嵯峨：形容山势高峻。《楚辞·淮南小山》："山气巃嵸兮石嵯峨，溪谷崭岩兮水曾波。"

[2]孤标：指山特出的顶部。北魏郦道元《水经注·涞水》："东则磻溪万仞，方岭云回，奇峰霞举，孤标秀出，罩络群山之表。"

[3]砥柱：山名，原在河南省三门峡市的黄河中流。郦道元《水经注·河水四》："砥柱，山名也，昔禹治洪水，山陵当水者凿之，故破山以通河，河水分流，包山而过，山见水中若柱然，故曰砥柱也。"

[4]风尘倾洞：不知何解，疑为"风尘澒洞"之误。

同漳源侍御游华不注峰并泛大明湖

平居慕幽旷[1]，雅怀避烦嚣[2]。林园苟成趣，亦足供逍遥。况兹出东郭，云物[3]如相招。群山秀袅娜，华峰特岧峣[4]。开筵坐琳宇，浩歌凌紫霄。朋情藉轩豁，客思翻飘飖。眷言泛莲沼，复尔移兰桡[5]。窈窕遵玄浦，逶迤渡危桥。菰蒲[6]水清浅，石竹[7]风萧条。擎荷玉茎润，采菱碧波摇。槐阴宿鸟下，藻动潜鳞跳。何缘对淑景，且幸联高标[8]。因探历城胜，并采康衢谣[9]。念余拙纪述，愿君报琼瑶[10]。

【注释】

[1]幽旷：幽深旷远。唐杜甫《咏怀》诗之二："曒曒幽旷心，拳拳异平素。"

[2]烦嚣：喧扰，嘈杂。唐宋之问《灵隐寺》诗："夙龄尚遐异，搜对涤烦嚣。"

[3]云物：景物，景色。南朝齐谢朓《高松赋》："尔乃青春受谢，云物含明，江皋绿草，暧然已平。"

[4]岧峣（tiáo yáo）：山高峻貌。魏曹植《九愁赋》："践蹊隧之危阻，登岧峣之高岑。"

[5]兰桡（náo）：小舟的美称。桡，本是船桨，用来指代船。

[6]菰（gū）蒲：菰和蒲，均为水生植物。

[7]石竹：多年生草本植物。

[8]高标：喻指出类拔萃的人，此指漳源侍御。

[9]康衢（qú）谣：相传尧主政五十年，乃微服私访于康衢，听到儿童唱歌，非常高兴，归来后就禅让天下于舜。这里是说此次出游既是探胜，同时也是观察民风。

[10]琼瑶:美玉。《诗经・卫风・木瓜》:"投我以木桃,报之以琼瑶。"此处是谦称自己的诗作不好,愿得漳源侍御的佳作酬答。

黄省曾

(一首)

黄省曾(1496~1546),字勉之,号五岳山人,吴县(今江苏苏州)人,黄鲁曾之弟,明代学者。曾从王守仁游,学诗于李梦阳,长于农业与畜牧。著有《五岳山人集》。

华泉歌赠边尚书一首

君不见,峨峨名山华不注,芙蓉秀出青冥[1]间。霓旌雷毂[2]竟何在,石道空余芝草斑。绿云万古留不散,赤松啸父[3]来登攀。蓬壶方丈[4]去几许,仙人明月吹箫[5]还。银河宛转落此山,素琴日夕鸣潺湲。鸣潺湲,流不已,千年若待边夫子。幽怀不减鹿皮翁[6],漱酌琼瑶紫霞里。玉醴频餐体骨轻,红泉一咽容颜美。晓嶂常衔鹦鹉杯[7],春风独泛桃花水[8]。忆自翻飞入帝城,薜萝[9]恍惚千岩清。翠涧劳思照野服,灵波[10]屡梦沾尘缨。迢遥回首山中乐,解道王乔[11]事堪学。笑骑神鲤[12]问沧海,坐听天鸡[13]倚东岳。凤苑[14]犹歌李谪仙,金门尚隐东方朔[15]。

【注释】

[1]青冥:形容青苍幽远,如同仙境。唐李白《梦游天姥吟留别》:"青冥浩荡不见底,日月照耀金银台。"

[2]霓旌雷毂(gǔ):指当年齐、晋鞌之战的军队车马。旌,旗。毂,本义是车轮中心用以插轴的圆木,常用来指代车。

[3]赤松:赤松子,中国神话传说中的上古仙人。相传为神农时雨师,能入火自焚,随风雨而上下。啸父:古代中国传说中的仙人。汉刘向《列仙传》卷上:"啸父者,冀州人也。少在西周市上补履,数十年人不知也。后奇其不老,好事者造求其术,不能得也。"

[4]蓬壶方丈:即蓬莱与方丈,同为古代传说中的海中仙山。据《列子・汤问》,东海之中有五座仙山,分别为岱舆、员峤、方壶、瀛洲、蓬莱。

[5]吹箫:据《列仙传》卷上:"萧史者,秦穆公时人也,善吹箫,能致孔雀、白鹤于庭。穆公有女字弄玉,好之。公遂以女妻焉。"

[6]鹿皮翁:民间传说中的仙人名。刘向《列仙传》中有记载。

[7]鹦鹉杯:用鹦鹉螺制成的酒杯。在河南偃师曾有实物出土。

[8]桃花水:即桃花汛,农历二三月桃花盛开时,江河里暴涨的水,称为"桃花汛"。

[9]薜萝:薜荔和女萝。《楚辞・九歌・山鬼》:"若有人兮山之阿,被薜荔兮带女萝。"

[10]灵波:河流的美称。晋陆机《招隐》诗:"哀音附灵波,颓响赴曾曲。"

[11]王乔：即王子乔，周灵王之子，得道成仙。刘向《列仙传》中有记载。

[12]神鲤：《搜神记》载赵人琴高，入涿水取龙子，与弟子相约。至期，乘赤鲤鱼而出。

[13]天鸡：南朝梁任昉《述异记》："东南有桃都山，上有大树，名曰'桃都'，枝相去三千里。上有天鸡，日初出，照此木，天鸡则鸣，天下鸡皆随之鸣。"李白《梦游天姥吟留别》："空中闻天鸡。"

[14]凤苑：指皇家园林。

[15]东方朔是汉武帝时的太中大夫，为人诙谐滑稽，善辞赋。他曾说："古人常隐居于深山，我认为宫门之中亦可以隐居。"事见《史记·滑稽列传》。金门，即金马门，汉代宫门名，学士待诏之处。

蔡 叆

（一首）

蔡叆(ài)(1496～1567)，字天章，号汶滨，河北宁晋人。举嘉靖八年(1529年)进士，累官监察御史，巡按河南，刚直敢言。著有《汶滨集》。

望华不注峰

山势到此尽，突然出一峰[1]。空蒙[2]弄烟雾，苍翠削芙蓉[3]。似有擎天意，还思造化工。迁人[4]爱奇观，终日豁吟悰[5]。

【注释】

[1]华不注山及济南市诸山均为泰山余脉，故云"山势到此尽"；而诸山之中，华不注山最为峭拔，故云"突然出一峰"。

[2]空蒙：迷茫貌，缥缈貌。南朝齐谢朓《观朝雨》诗："空蒙如薄雾，散漫似轻埃。"

[3]苍翠：青绿。谢朓《冬日晚郡事隙》诗："苍翠望寒山，峥嵘瞰平陆。"芙蓉：李白《古风》："兹山何峻秀，绿翠如芙蓉。"

[4]迁人：指被贬谪的官吏，这里是自称。唐王昌龄《江上闻笛》诗："羸马望北走，迁人悲越吟。"

[5]悰(cóng)：心情，情绪。宋陆游《无题》诗："画阁无人昼漏稀，离悰病思两依依。"

范 瑟

（一首）

范瑟(1504～1563)，字孔和，号柏峰，山东历城人，嘉靖十一年(1532年)进士，曾官中宪大夫，陕西提刑按察司副使。

同近山年丈[1]登山

福地[2]标云迥不群，春山邀客醉晴云。烟开峰顶芙蓉出，风送霞觞[3]兰蕙薰。湖水似随孤屿转，洞萧如向九天[4]闻。蓬莱清胜[5]称难到，何得相携挹翠芬。

【注释】

[1]近山：即陈辋，号近山，山东历城人，嘉靖五年（1526 年）进士，曾官陕西临洮知府，歼虎除妖，大有异政。年丈：又称“年伯”，科举时代对与父亲同年登科者的尊称，明代中叶以后亦用以称同年的父亲或伯叔，后用以泛指父辈。

[2]福地：指神仙居住之处，道教有七十二福地之说，亦指幸福安乐的地方。旧时常用以称道观寺院。

[3]霞觞：犹霞杯，盛满美酒的酒杯。唐曹唐《送刘尊师祗诏阙庭》诗之二：“霞觞共饮身虽在，风驭难陪迹未闲。”

[4]洞萧：流行于中国民间的吹管乐器。“萧”应为“箫”之误。九天：谓天空最高处。唐李白《望庐山瀑布》诗：“飞流直下三千尺，疑是银河落九天。”

[5]清胜：清雅优美。

亢思谦

（一首）

亢思谦（1515～1580），字子益，号水阳，山西临汾人。嘉靖二十六年（1547 年）进士二甲第一名，曾任山东右布政使、四川左布政使。有《慎修堂集》。

游华不注峰省吾宪长首倡次韵[1]

膴膴[2]原田接远空，孤峰突兀独巄嵸[3]。平临象纬[4]疑尘外，俯瞰湖光落镜中。遂有灵源移渤澥[5]，漫将长啸动玄窿[6]。乘风欲访飞仙去，绛节[7]高居碧海东。

【注释】

[1]宪长：古代中央监察机关的首长。如秦汉以来御史台中的御史大夫、御史中丞，明清都察院的都御史。次韵：依次用所和诗中的韵作诗，也称“步韵”。据后亢思谦《游华不注峰记》，同游的人有：“司农南海黄公可大，宪长丰城雷公逵，宪副上党李公敏德、安成刘公佃，阃帅仁和周君嶅、淮阴刘君焕。”

[2]膴膴（wǔ wǔ）：膏腴，肥沃。《诗经・大雅・绵》：“周原膴膴，堇荼如饴。”

[3]巄嵸（lóng zōng）：山势高峻貌。汉司马相如《上林赋》：“于是乎崇山矗矗，巄嵸崔巍。”

[4]象纬：指星象经纬，谓日月五星。唐杜甫《游龙门奉先寺》诗："天阙象纬逼，云卧衣裳冷。"仇兆鳌注："象纬，星象经纬也。"

[5]渤澥（xiè）：即渤海。司马相如《子虚赋》："浮渤澥，游孟诸。"

[6]句下原注："峰上有泉颇甘，一羽士闭户诵经。"

[7]绛节：传说中上帝或仙君的一种仪仗。杜甫《玉台观》诗之一："中天积翠玉台遥，上帝高居绛节朝。"

李攀龙

（二首）

李攀龙（1514～1570），字于鳞，号沧溟，山东历城人，明朝官员、著名文学家，"后七子"之首。曾在家乡筑白雪楼，隐居高卧。后任河南按察使。著有《沧溟集》。

与转运诸公[1]登华不注绝顶

中天[2]紫气抱香炉，复道金舆[3]落帝都。二水遥分清渚下[4]，一峰深注白云孤。岱宗风雨通来往，海色楼台入有无[5]。不是登高能赋[6]客，谁堪洒酒向平芜？

【注释】

[1]转运诸公：转运使，官名，中国唐代以后各王朝主管运输事务的中央或地方官职。

[2]中天：犹参天。《文选·班固〈西都赋〉》："树中天之华阙，丰冠山之朱堂。"李周翰注："中天，高及天半。"

[3]金舆：华不注山又称"金舆山"。参见前曾巩《华不注山》诗。

[4]此句可见当时华不注山下的湿地风貌。二水，唐宋时济南泉水汇为泺、历二水灌入莲子湖中，明时莲子湖已成湿地。渚，水中的小块陆地。

[5]华不注山为泰山余脉，故云"岱宗风雨通来往"；济南距离渤海也不算远，故云"海色楼台入有无"。

[6]登高能赋：语出《诗经·鄘风·定之方中》："终然允臧。"毛亨传："升高能赋……可以为大夫。"

登华不注山送公瑕

鸿雁高飞木叶[1]丹，逍遥台上一凭栏。浮云不动孤峰起，落日长临二水寒。多病故人书未达，中原秋色醉相看。预愁匹练[2]江南道，极目吴门[3]驻马难。

【注释】

[1]木叶：树叶。《楚辞·九歌·湘夫人》："袅袅兮秋风，洞庭波兮木叶下。"

[2]匹练：形容道路犹如一匹展开的白练或彩练。

[3]吴门：指苏州或苏州一带。历史上作为苏州的别称之一，为春秋吴国故地，故称。宋张先《渔家傲·和程公辟赠别》词："天外吴门清霅路，君家正在吴门住。"

许邦才

（二首）

许邦才(1514～1581)，字殿卿，号空石，人多以官职称其"许长史"或"许右史"，山东历城人，"明代历下四诗人"之一。曾任赵州知州、济南德王府右长史。著有《瞻泰楼集》。

华不注晴望

飏紫芙蓉第一枝，层云吞吐弄奇姿[1]。斜阳倒影明湖处，还似当年三匝[2]时。

西岳莲峰谁擘开，浮岚滴翠远飞来[3]。还如画出明湖上，螺髻朝朝对镜台[4]。

【注释】

[1]这两句是说华不注山如同一枝芙蓉绽放，在层云的吞吐之中，更显奇姿。

[2]三匝：指齐晋鞌之战"三周华不注"事。详见《左传·成公二年》。

[3]这两句是说华不注山是从西岳华山上分剖下来，飞到齐鲁之地来的。擘(bò)：分开，剖裂。

[4]这两句是说华不注山在湖中的倒影如同画出。螺髻：螺壳状的发髻。

王世贞

（一首）

王世贞(1526～1590)，字元美，号凤洲，又号弇州山人，直隶太仓(今江苏太仓)人，明代著名文学家、史学家，"后七子"之一。曾任山东按察司副使、南京刑部尚书。著有《弇州山人四部稿》。

风寒济南道中，兀坐肩舆[1]不能开卷，因即事戏作俳体[2]六言解闷。数之政得三十首，当唤白家老婢[3]读之耳(其十六)

华不注何崎嵚[4]，青天削立峰岑[5]。寄语三周铁骑，其如一杖登临。

【注释】

[1]肩舆：即轿子。

[2]俳(pái)体：即俳谐体，旧时诗文中内容诙谐的游戏之作。

[3]白家老婢：指白居易诗作老妪能解的故事，出自宋惠洪《冷斋夜话》卷一："白乐天每作诗，令一老妪解之，问曰解否。妪曰解，则录之；不解，则易之。"

[4]崎嵚(qīn)：形容山路险阻不平。

[5]峰岑：即山顶。

于慎行

（一首）

于慎行(1545～1608)，字可远，又字无垢，山东东阿县东阿镇(今山东平阴)人，明代著名文学家、诗人。曾任万历皇帝日讲官、礼部尚书、东阁大学士。著有《谷城山馆文集》《谷城山馆诗集》。

登华不注绝顶

齐都多名山，兹山独邈绝[1]。中峰带湖水，华顶留寒雪。一枝玉芙蓉，翠黛若可掇。我来凌青冥[2]，倚啸紫云裂。岚气互氤氲[3]，波光半明灭[4]。平野碧烟浮，长堤春树没。流览望扶桑[5]，欲见蓬莱[6]阙。云间逢真人，举手问宝诀[7]。泠然紫芝[8]想，了与红尘别。佳游难再得，梦想何可辍[9]。

【注释】

[1]邈绝：遥远貌，高远貌。

[2]青冥：形容青苍幽远，指华不注山。唐施肩吾《瀑布》诗："豁开青冥颠，写出万丈泉。"

[3]氤氲(yīn yūn)：指烟气、烟云弥漫的样子。

[4]明灭：忽明忽暗。唐王维《山中与裴迪秀才书》："夜登华子冈，辋水沦涟，与月上下，寒山远火，明灭林外。"

[5]扶桑：神话中的树名。《山海经·海外东经》："汤谷上有扶桑，十日所浴，在黑齿北。"

[6]蓬莱：中国古代传说中的神山。

[7]宝诀：道教修炼的秘诀。唐李白《金陵与诸贤送权十一序》："吾希风广成，荡漾浮世，素受宝诀，为三十六帝之外臣。"

[8]泠(líng)然：轻妙貌。《庄子·逍遥游》："夫列子御风而行，泠然善也。"紫芝：真菌的一种，也称"木芝"。可入药，性温味甘，能益精气，坚筋骨。古人以为瑞草，道教以为仙草。

[9]辍：停止，中断。《论语·微子》："耰而不辍。"

黄克缵

（一首）

黄克缵(zuǎn)(1550～1634)，字绍夫，号钟梅，福建晋江(今福建石狮)人。明朝大臣。曾任山东巡抚、兵部尚书、刑部尚书、工部尚书等职，民间称其为“黄五部”。著有《数马集》。

同严侍御登华不注峰

一径迢迢上翠微[1]，洞门阴处憩斜晖。孤高欲竞南山耸，窈窕如含细雨飞。载酒峰头酣野色，行春郭外霁霜威[2]。琳宫[3]下瞰平湖水，醉泛兰舟待月归。

【注释】

[1]翠微：指华不注山山色青翠。

[2]霜威：寒霜肃杀的威力，比喻人的气度严肃而威重。此处指严侍御行春郭外，一向犹如寒霜的威严也如雨霁云收。

[3]琳宫：即仙宫，是道观、殿堂的美称。华不注山下有华阳宫，山上地势窘迫，未必有宫观之类的建筑。琳宫或为作者的想象之词。

刘　敕

（一首）

刘敕(1560～1639)，字君授，山东历城人。曾任陕西富平知县，不久辞归。清军攻陷济南后，不屈被杀。著有《历乘》，是为历城县志中最早的刻本。

华不注

乱石堆云立，孤峰入碧天。杯浮银汉[1]水，袖挽海门[2]烟。帆影清流外，湖光落照[3]边。好乘白鹿[4]去，蓬岛[5]觅群仙。

【注释】

[1]银汉：即银河。南朝宋鲍照《夜听妓》诗之一：“夜来坐几时，银汉倾露落。”

[2]海门：即海口，内河通海之处，华不注山距离小清河、大清河均不甚远。小清河、大清河均注入渤海。

[3]落照：落日的余晖。南朝梁简文帝《和徐录事见内人作卧具》诗：“密房寒日晚，落照度窗边。”

[4]白鹿：见前李白《古风》诗注释[4]。

[5]蓬岛：见前郝经《华不注行》诗注释[11]。

谢肇淛

（四首）

谢肇淛（zhào zhè）（1567～1624），字在杭，号小草斋主人，晚号山水劳人，福建长乐人。曾任湖州、东昌推官，南京刑部主事、兵部郎中，官至广西右布政使。著有《五杂俎（zǔ）》《小草斋集》。

九日[1]同济南诸君登华不注四首

万壑秋声正夕曛，水田惊起白鸥群。孤峰忽向平芜[2]出，空翠遥从碧落[3]分。天际乱山皆绕郭[4]，洞前怪石半栖云。不堪作客[5]逢摇落[6]，断雁清猿处处闻。

鸟道[7]千盘载酒过，坐来秋色散关河。庙经火后黄冠[8]少，天近霜前白雁多。古洞有碑深落叶，乱岩无路入垂萝。登高作赋[9]寻常事，且向清尊一醉歌。

剑戟锋攒不可登，风高木落暮寒凝。云蟠绝壁青如染，路入阴崖势欲崩。曲磴嵚岈[10]无度鸟，荒祠寂莫有悬灯。探奇尽日忘归去，醉枕寒流石上藤。

芙蓉峰[11]畔泻寒泉[12]，传是孤臣饮马[13]年。洞壑已无前甲子，牧童犹指旧山川。霸图寂历[14]随秋草，城阙萧条锁暮烟。佳节萍踪[15]拼一醉，牛山[16]何用更潸然。

【注释】

[1]九日：指农历九月初九，即重阳节。南朝梁吴均《续齐谐记》："今世人每至九日，登山饮菊酒。"

[2]平芜：草木丛生的平旷原野。南朝梁江淹《去故乡赋》："穷阴匝海，平芜带天。"

[3]碧落：道教语，指天空，青天。唐白居易《长恨歌》："上穷碧落下黄泉，两处茫茫皆不见。"

[4]乱山皆绕郭：济南多山，市区南面有泰山北麓的南部山区，市区北部则有被称为"齐烟九点"的华不注山、卧牛山、鹊山、标山、凤凰山、北马鞍山、粟山、匡山、药山等。

[5]作客：指寄居异地。唐杜甫《登高》诗："万里悲秋常作客，百年多病独登台。"

[6]摇落：凋残，零落，代指秋天。

[7]鸟道：险峻狭窄的山路。唐李白《蜀道难》诗："西当太白有鸟道，可以横绝峨眉巅。"

[8]黄冠：道士之冠，借指道士。唐唐求《题青城山范贤观》诗："数里缘山不厌难，为寻真诀问黄冠。"

[9]登高作赋：见前李攀龙《与转运诸公登华不注绝顶》诗注释[6]。

[10]嵢岈(hān xiā)：山中深邃的样子。

[11]芙蓉峰：即华不注山，唐李白《古风》："兹山何峻秀，绿翠如芙蓉。"

[12]寒泉：指华不注山下的华泉。

[13]孤臣饮马：疑即逢丑父使齐顷公如华泉取水事。见前曾巩《华不注山》诗注释[8]。

[14]寂历：凋零，疏落。

[15]萍踪：浮萍的踪迹，比喻行踪漂泊不定。

[16]牛山：山名，在今山东淄博。春秋时齐景公登牛山，感慨人终有一死而悲哀下泪。后来遂有"牛山泪""牛山悲"等典故。事见《晏子春秋》及《韩诗外传》。

王象春

（一首）

王象春(1578～1632)，原名王象巽，字季木，号虞求，别号鹊湖居士，山东新城(今山东桓台)人，明末诗人，清初文学家王士禛从祖。万历年间进士，官至南京吏部考功郎。著有《齐音》(亦题《济南百咏》)、《问山亭集》。

华不注[1]

单椒杰立虎牙悬[2]，锁尽狂奔七十泉。怪得仙人赤松子，犹将鹿借李青莲。

【注释】

[1]诗后原有注："在府城东十五里，一名金舆山。《水经》云：'不与浮同，如华浮水上。'故名。又云'青崖翠发，望同点黛。'李太白诗云：'昔我游齐都，登华不注峰。兹山何峻拔，绿翠如芙蓉。萧飒古仙人，了知是赤松。借予一白鹿，自挟双青龙。含笑凌倒影，欣然愿相从。'太白与华山异美，正可相当。此外他举，则稍屈吾华矣。"

[2]北魏郦道元《水经注·济水》："济水又东北，华不注山单椒秀泽，不连丘陵以自高；虎牙桀立，孤峰特拔以刺天。青崖翠发，望同点黛。"

凌义渠

（一首）

凌义渠(1591～1644)，字骏甫，号茗柯，浙江乌程(今浙江湖州)人，明代文学家。曾任山东右布政使、大理寺卿。著有《凌忠介公集》。

历城贵君招游华不注，是日轻阴微雨

孤峰冷插晚秋天，参错[1]阴晴望更妍[2]。独涌笋株青戛戛，小舒莲瓣净娟娟[3]。游情一往争危石，幽感频生触暗泉。醉上小舆归路暝，高低崖壑看平悬。

【注释】

[1]参错：参差交错。

[2]妍：美丽，美好。

[3]这两句是说华不注山如平地涌出的笋株，又如小舒莲瓣的荷花。戞戞（jiá jiá），亦作“戛戛”，艰难貌。娟娟，姿态柔美貌。

阎尔梅

（一首）

阎尔梅（1603～1679），字用卿，号古古，又号白耷山人、蹈东和尚，江苏沛县人。明末举人，复社巨子，曾被史可法聘为幕僚，积极参加抗清活动。著有《白耷山人集》。

登华不注有感[1]

山左[2]文章借尔传，生成霞笔写青天。中岩石上初抽笋，太华峰头未绽莲。云树移归龙洞里，香灯浮出马鞍巅[3]。自经离乱无侪辈[4]，孤立秋空气岸然[5]。

【注释】

[1]题下原注：“华不注山，济南城东北十里。”

[2]山左：山东旧时的别称。“山”指太行山，坐北朝南，则山东位于太行山左侧。

[3]这两句中的“龙洞”“马鞍”均为济南景点名称。

[4]侪（chái）辈：同辈，朋辈。

[5]岸然：严肃高傲的样子。

方　文

（一首）

方文（1612～1669），字尔止，号嵞（tú）山，原名孔文，字尔识，明亡后更名一耒，别号淮西山人、明农、忍冬，安徽桐城人。明末诸生，入清不仕，与复社、几社中人交游。著有《嵞山集》。

华不注

历城东北隅[1]，故有华不注。晋师逐齐侯，三周即此处。其山拔地起，四面无依附。孤峰秀插天，娟娟入云雾。我来恣游览，艰险殊不顾。磥砢[2]千万石，上下无一树。远望如芙蓉，菡萏未开露。所以名华不，古人亦善喻。今人罕识字，相呼失其故。赵李乃词宗，如何音亦误[3]。

【注释】

[1]隅(yú)：边，侧。

[2]磥砢(lěi luǒ)：众多委积貌。北魏郦道元《水经注·淇水》："巨石磥砢，交积隍涧。"

[3]诗后原注："'不'音'芙'，花跗(fū)也，与《诗》'鄂不'之'不'同。今读如字，非。赵子昂诗'云雾润蒸华不注，波涛声震大明湖'，李于鳞诗'我自能怜华不注，推窗君试雪中看'，则二公亦误矣。况其他乎？"

彭孙贻

（一首）

彭孙贻(1615～1673)，字仲谋，一字羿仁，号茗斋，浙江海盐人。明亡后不仕，终身布衣。著有《茗斋诗文集》《流寇志》。

汶阳道上雨中望华不注

青霄翠壁削炎氛[1]，一半晴光散夕曛[2]。汶水人烟林杪[3]合，济阴山色雨中分。秋来驿路连黄叶，天际孤城上白云。知是高堂归思早，北风南雁日纷纷。

【注释】

[1]炎氛：热气，暑气。汉张衡《七辨》："桴弱水，越炎氛。"

[2]夕曛(xūn)：落日的余晖。

[3]林杪(miǎo)：树梢，林外。晋陆机《感时赋》："猿长啸于林杪，鸟高鸣于云端。"

张　丹

（一首）

张丹(1619～?)，原名纲孙，字祖望，号秦亭，又号竹隐，入清后，心怀明室，改名丹。浙江钱塘(今浙江杭州)人，"西泠十子"之一。著有《张秦亭诗集》。

秋日历下登华不注峰眺望，有怀于鳞先生[1]

华注峰高刺碧空，偶携谢屐[2]向西风。荒祠废驿齐庭外，断角悲笳鲁甸中。济水天开秋叶紫，鲍山云尽夕阳红。怀人白雪楼[3]何处，马首依依药麓[4]东。

【注释】

[1]于鳞先生：即明代"后七子"的领袖李攀龙，前有小传。

[2]谢屐：南朝宋诗人谢灵运喜游山陟岭，特制一种前后齿可装卸的木屐。《宋书·谢灵运传》："登蹑常着木屐，上山则去前齿，下山去其后齿。"

[3]白雪楼：嘉靖三十五年(1556年)，李攀龙辞去陕西按察副使之职东归之后，在济南历城王舍人庄之东鲍山下建楼，名曰"白雪楼"。李攀龙《酬李东昌写寄〈白雪楼图〉并序》："楼在济南郡东三十里许鲍城，前望太麓，西北眺华不注诸山；大小清河交络其下。左瞰长白、平陵之野，海气所际。每一登临郁为胜观。"旧时"济南十六景"中有"鲍山白雪"，即指这座白雪楼。

[4]药麓：济南西北有药山。药山、华山、鲍山，自西向东依次排列。

朱长春

（一首）

朱长春(生卒年不详)，字太复，浙江乌程人。明万历年间进士，曾任阳信知县，入为刑部主事。著有《朱太复文集》。

登华不注山

鹊湖[1]东畔华峰好，乘兴登临落日闲。春色野烟劳怅望[2]，白崖危石费跻攀。云封郁郁[3]泰山际，仙阙离离[4]沧海间。万里悲风催欲暮，极南何处是乡关。

【注释】

[1]鹊湖：即鹊山湖，见前郝经《华不注行》注释[5]。

[2]怅望：惆怅地看望或想望。唐杜甫《咏怀古迹》诗之二："怅望千秋一洒泪，萧条异代不同时。"

[3]郁郁(fú fú)：隐藏。

[4]离离：清晰分明貌。

雷　逵

（一首）

雷逵(生卒年不详)，字时渐，江西丰城人。嘉靖二十年(1541年)进士，曾任山东按察使。

水阳藩伯[1]招饮华不注

怪石峥嵘薄碧空，巨灵何此起巃嵸[2]。三齐[3]城郭湖光里，百代风流眼界中。移坐频斟销野兴，振衣欲上倚穹窿[4]。徘徊忽拟登绝顶，惆怅危梯月色东。

【注释】

[1]水阳蕃伯：指亢思谦，号水阳，前有小传，后有其散文《游华不注峰记》。

[2]巃嵸（lóng zōng）：山势高峻貌。

[3]三齐：秦亡后，项羽以齐国故地分立齐、胶东、济北三国，后遂泛称"三齐"。

[4]穹窿（lóng）：中间隆起，四周下垂的样子。常用来指天。汉扬雄《太玄》："天穹隆而周乎下。"

刘执中

（二首）

刘执中，山东历城人，生平事迹不详。

登山二绝

夕阳欲下更徘徊，遥望南山碧嶂[1]开。村酒一瓢浑[2]不醉，留人山色去还来。

当日三周事若何，那如一醉白云阿。须知世上浮名[3]客，不似山中得趣多。

【注释】

[1]碧嶂：青绿色如屏障的山峰。

[2]浑：全，都，整个。

[3]浮名：虚名。

刘朝宗

（一首）

刘朝宗，生平事迹不详。

读书华山山庄

莫言此地僻，山色净堪餐。万石当窗秀，孤峰入座寒。人依清渚[1]醉，书傍石床看。闲到绝巅望，悠然眼界[2]宽。

【注释】

[1]清渚：寂静的水中小块陆地。

[2]眼界：目力所及的范围。

刘 檄

（一首）

刘檄（生卒年不详），山东历城人。刘敕胞弟，曾任邳州知州，有笃行。

九日[1]同登作

把酒凭高望，秋容澹远空。河山夕照外，城阙暮烟中。鬓插萸花[2]紫，杯浮木叶[3]红。遥看蓬岛近，有意驾长风。

【注释】

[1]九日：即农历九月九日，重阳节。见前谢肇淛《九日同济南诸君登华不注四首》注释[1]。

[2]鬓插萸花：唐王维《九月九日忆山东兄弟》诗："遥知兄弟登高处，遍插茱萸少一人。"

[3]木叶：见前李攀龙《登华不注山送公瑕》诗注释[1]。

郑 材

（一首）

郑材（生卒年不详），字思成，号诚轩，河北安肃（今河北涂水）人。万历五年（1577 年）进士，官至山东少参。

同杜爵斋登山

握手乾坤意独亲，褰帷[1]双舄[2]一行春。扣舷欲识桃花路，倚杖翻怜[3]桂树林。积翠遥浮三岛[4]出，晴光高散五湖[5]匀。年来胜抱登临兴，陶谢[6]风流此日新。

【注释】

[1]褰（qiān）帷：撩起帷幔。

[2]舄（xì）：鞋子。

[3]怜：爱。

[4]三岛：指传说中的蓬莱、方丈、瀛洲三座海上仙山。

[5]五湖：其说不一。《国语》《史记》中的五湖专指太湖，或太湖及其附近的湖泊。一说五湖指的是鄱阳湖、洞庭湖、巢湖、太湖、鉴湖。

[6]陶谢：指东晋末、南朝初的诗人陶渊明、谢灵运。陶渊明归隐田园，谢灵运酷爱山水。

潘子震

（一首）

潘子震（生卒年不详），山东历城人，潘子雨弟，潘子霓兄。万历岁贡，曾任莘县训导。

游湖望华不注

雨霁湖光湛碧天，正堪沽酒上渔船。波间倚棹看山影，树底行厨[1]接水烟。遥想少陵游历下[2]，犹闻太白赋华巅[3]。秋来偏爱林塘好，况对清风明月前。

【注释】

[1]行厨：谓出游时携带酒食，亦指传送酒食。北周庾信《咏画屏风诗》之十七："行厨半路待，载妓一双回。"

[2]少陵游历下：指天宝四年(745年)杜甫在济南参与李邕组织的宴会，其《陪李北海宴历下亭》中有"海右此亭古，济南名士多"的句子。

[3]太白赋华巅：即指李白的《古风》中所写"昔我游齐都，登华不注峰"。

严一鹏

（一首）

严一鹏（生卒年不详），字汝化，江苏无锡人。曾任刑部左侍郎。著有《二知轩诗稿》。

同游次黄大中丞韵

寂寂山深花事[1]微，携尊选胜[2]倚斜晖。危峰崒嵂[3]形如坠，怪石参差势欲飞。已庆桑麻沾雨泽，还教狐鼠避霜威。登临不尽探奇兴，日暮兰桡[4]醉月归。

【注释】

[1]花事：游春看花等事。

[2]携尊：端起酒器。选胜：选择胜景之处。

[3]崒嵂(zú lǜ)：高峻貌。宋陆游《大寒》诗："为山傥勿休，会见高崒嵂。"

[4]兰桡：见前张经《同漳源侍御游华不注峰并泛大明湖》诗注释[5]。

清　代

黄图安

（一首）

黄图安（？～1659），字四维，山东东昌府堂邑县（今山东聊城东昌府区）人。明崇祯十年（1637年）进士，曾任吏部主事、吏部员外郎。清军入关后，率部归降，曾任甘肃巡抚、宁夏巡抚等职。著有《东园诗集》。

登华不注

孤椒奠紫极，秀泽[1]敞天东。三匝[2]传林麓，奇峰耸曙曈[3]。芙蓉[4]侵碧落，点黛[5]望晴空。忆昔李供奉[6]，客齐游览雄。溟蒙餐绿翠，萧飒揖赤松。缥缈歌骑鹿，苍茫伴挟龙[7]。我来何寥落，不见绿发翁[8]。鹊岭青屏列[9]，鹊湖明镜通。万木拥古色，野艳醉熏风。荒刹[10]余颓壁，残碣[11]倒芳丛。谪仙昨日迹，怅望意无穷。

【注释】

[1]秀泽：与前句中的"孤椒"皆见北魏郦道元《水经注》。书中记载华不注山曰："单椒秀泽，虎牙桀立"。

[2]三匝：即齐晋鞌之战三周华不注事，见《左传·成公二年》。

[3]曙曈（tóng）：指天亮、破晓时。

[4]芙蓉：李白《古风》："兹山何峻秀，绿翠如芙蓉。"

[5]点黛：郦道元《水经注》："青崖翠发，望同点黛。"

[6]李供奉：即李白，李白曾供奉翰林，故称。

[7]李白《古风》诗中有"萧飒古仙人，了知是赤松。借予一白鹿，自挟两青龙"的句子。

[8]绿发翁：李白《古风》其五："太白何苍苍，星辰上森列。去天三百里，邈尔与世绝。中有绿发翁，披云卧松雪。不笑亦不语，冥栖在岩穴。"

[9]这句是说，鹊山漫圆浑厚，犹如"青屏列"。鹊岭，即鹊山。

[10]刹（chà）：梵语"刹多罗"的简称，寺庙佛塔。

[11]碣（jié）：圆顶的石碑。

叶承宗

（四首）

叶承宗(1601～1648)，字奕绳，号泺湄，山东历城人。顺治二年(1645 年)中进士，授江西临川知县。著有《历城县志》《泺函》。

登华不注

我爱华不注，兹峰何秀特[1]。奇峦变形势，怪石殊颜色。鸟道荒蔓萦，虫迹积雨泐[2]。悬崖疑无倚，迭嶂如相逼。探奇历岖嵚[3]，转径入幽仄。逡巡履峰脊，攀援摩山肋。凭高发长啸，遇坦得小息。傍瞩鹊峰联，俯瞰清河直[4]。日夕野风发，为我生羽翼。闻有赠鹿翁[5]，求之不可得。徙倚[6]晚烟中，旷怀谁复识？

【注释】

[1]秀特：优异特出。宋范仲淹《段君墓表》："君风神秀特，人皆望而钦之。"

[2]泐(lè)：石头因风化、遇水而形成纹理，依其纹理而裂开。

[3]岖嵚(qīn)：形容山势险峻。

[4]这两句是说，华不注山的位置，可以傍瞩鹊山，俯瞰清河。

[5]赠鹿翁：是指李白《古风》中"借予一白鹿，自挟两青龙"的赤松子。

[6]徙倚：徘徊，逡巡，来回地走。

遂望华不注

远眺华不注，风光胜已登。孤高如削壁，峭拔不连陵。烟抹新眉黛，云销瘦骨棱。风尘[1]望不极[2]，芳树[3]隐千层。

【注释】

[1]风尘：被风扬起的尘土。晋陆机《为顾彦先赠妇》诗之一："京洛多风尘，素衣化为缁。"

[2]望不极：望不到尽头。

[3]芳树：泛指佳木，花木。唐李白《送友人入蜀》诗："芳树笼秦栈，春流绕蜀城。"

望华不注

山以孤为韵，兹山物之尤[1]。岩幽如欲暮，峰瘦最宜秋。倒影落寒水，浮烟罥[2]古丘。凭轩一以眺，兴不减登游。

【注释】

[1]尤：最优异的，最突出的。
[2]罥（juàn）：缠绕。唐杜甫《茅屋为秋风所破歌》："高者挂罥长林梢。"

道上望华不注

道睹华不注，爽气沁[1]诗脾。木落野容静，山癯[2]秋色宜。岚光[3]连远巘[4]，清影下寒漪[5]。是处真堪隐，风尘空尔为。

【注释】

[1]沁（qìn）：渗入，浸润。
[2]癯（qú）：瘦。
[3]岚光：山间雾气经日光照射而发出的光彩。
[4]巘（yǎn）：大山上的小山。
[5]寒漪（yī）：清凉的水波。

卢　纮

（一首）

卢纮（hóng）（1604～1687），字符度，号澹岩，湖北蕲州（今湖北黄州）人。曾任新泰县令、东昌府知府。著有《四照堂集》。

济南道中望华不注山

飘忽一峰微，苍茫势欲飞。岩光浮汉去，野色逐云归。目摄[1]应难定，神登[2]未可依。惟闻谪仙子，乘醉及巅巍。

【注释】

[1]目摄：指看。
[2]神登：即神游。

王　岱

（一首）

王岱（1606～1687），别号山长，湖南湘潭人，与王渔洋诗名并世。曾任澄海知县。著有《了庵诗集》。

华不注山[1]

不注山边历下田[2]，不注山下多名泉[3]。杜陵[4]有诗续不得，辜负苍苍九点烟[5]。

【注释】

[1]题下原注：杜甫登此望泰岳。

[2]华不注山下唐宋时期为莲子湖，明清时期多沼泽水田。见郝经《华不注行》注释[5]。

[3]华不注山下有华泉。

[4]杜陵：指杜甫。杜甫曾自称杜陵野老、杜陵布衣。

[5]九点烟：指济南的“齐烟九点”。见谢肇淛《九日同济南诸君登华不注四首》注释[4]。

程先贞

（一首）

程先贞(1607～1673)，字正夫，号葸(xǐ)庵，晚年号海右陈人，山东德州人。曾任工部员外郎。著有《海右陈人集》。

望华不注

侧身东望远徘徊，说是金舆[1]落玉台。众水环流千顷合，孤峰深注一华开。青随春雨浮空下，翠映残阳返照来。眼底堪怜多胜负，三周惯见阵云催[2]。

【注释】

[1]金舆：华不注山又名金舆山。见前曾巩《华不注山》注释[1]。

[2]这两句是说，华不注山矗立于此，早已惯见人类战争的胜负。

堵廷棻

（一首）

堵廷棻(1610～?)，字伊令，一字芬木，江苏无锡人，清代著名剧作家、词人。清顺治四年(1647年)进士，曾任历城知县。著有《卫花符》《禊兰词》。

丁酉重九后四日同登华不注[1]

曾从华盖揖浮丘[2]，又向齐烟[3]问九州。地阔平畴千顷暮，云开一萼万山秋。振衣天纵惊人句，吹笠风高吊古游。借鹿呼龙[4]真易事，苍茫海岳望中收。

【注释】

[1]据侯环《清初五进士同游华不注考》，此诗当作于顺治丁酉年(顺治十四年，

1657年),五位进士分别为严沆、李世洽、陆朝瑛、施闰章、堵廷棻。

[2]浮丘:即浮丘公,中国古代传说中的仙人。相传为周灵王时人,尝与太子王子晋吹笙,骑鹤游嵩山,修道山中。

[3]齐烟:唐李贺《梦天》诗:"遥望齐州九点烟,一泓海水杯中泻。"

[4]借鹿呼龙:唐李白《古风》诗:"借予一白鹿,自挟两青龙。"

许　珌

(二首)

许珌(bì)(1614～1672),字天玉,一字星庭,号铁堂,别号天海山人,福建侯官(今福建福州)人。曾任安定知县。著有《铁堂诗草》。

秋日客济南,游华不注诸名胜,仝贻上、王十一限用"清波收潦日,华林鸣籁初"[1]韵,以志采览(其一)

东宗飞远色,华柎[2]弥孤清。亭亭[3]斜照水,叆叆[4]细通城。齐州烟九点,花萼眼中明。缅惟古仙人,曾骑青龙行[5]。

【注释】

[1]"清波收潦日,华林鸣籁初":为南北朝诗人萧悫的诗句。

[2]华柎:即华不注山"华不"的本字。柎(fū),花萼或子房。

[3]亭亭:高耸直立的样子。

[4]叆叆(ài ài):云盛貌,又指树木茂盛的样子。

[5]这两句是指李白《古风》诗:"借予一白鹿,自挟两青龙。"惟:思。

登华不注

表余将凛冬,行镳[1]夹城暖。晨暾[2]浮珠湖,放览众灵展。遥峰撑我前,盘拏[3]带平衍[4]。划天神斧遗,拔地仙经撰。四寓无回迁,寥廓得所遣。飞岚若军兜,丑父事[5]亦典。鹊水带其旁,益致烟云阐。翠栝翳笈械[6],璠[7]梁敞旒冕[8]。黑质五图阴,雷文杂洞藓。岩脊蟠金鳌,磴道畅丛茧。道宇隔数虹,重门弱萝键。葺衣上高台,环青屹然辨。耽[9]此区中奇,全岳具一脔[10]。抱影凌苍冥,娱心对芳晛[11]。

【注释】

[1]行镳(biāo):行进的乘骑。镳:马衔。唐岑参《崔驸马山池重送宇文明府》:"池凉醒别酒,山翠拂行镳。"

[2]晨暾(tūn):朝阳。宋朱熹《寄题咸清精舍清晖堂》:"千岚蔽夕阴,百嶂明晨暾。"

[3]盘拏(ná):形容纡曲强劲。唐杜甫《李潮八分小篆歌》:"八分一字直百金,蛟龙盘拏肉屈强。"

[4]平衍:指平坦广宽。

[5]丑父事:指齐晋鞌之战,逢丑父救齐顷公事。事见《左传·成公二年》。

[6]栝(guā):多年生草本植物,爬蔓,果实椭圆形,通称"栝楼"。翳(yì):遮蔽。笈(jí):竹书箱。椷(jiān):箱子一类的器具。

[7]璚(jué):古同"玦",古代环形有缺口的佩玉。

[8]旒冕(liú miǎn):古代中国礼冠之一种。

[9]耽(dān):沉溺,入迷。

[10]一脔(luán):切成小块的肉。《吕氏春秋·察今》:"尝一脔肉而知一镬之味,一鼎之调。"

[11]觋(xiàn):视,看。

梅枝凤

(一首)

梅枝凤(1615～1689),字子翔,号东渚,安徽宣城人,清代宣城派著名诗人。著有《东渚诗集》。

望华不注

历下诸山似平地,忽惊突兀青琅玕[1]。绝巘摩空虎牙立[2],孤峰倒景[3]鹊湖寒。落日伤心荆棘满,浮云怅望海天宽。是处沧桑堪叹息,何当杖策一盘桓[4]。

【注释】

[1]琅玕(láng gān):似玉的美石。

[2]虎牙立:见前王象春《华不注》诗注释[2]。

[3]倒景:即倒影。

[4]盘桓:徘徊,逗留。

赵作舟

(一首)

赵作舟(1616～1692),字乘如,号浮山,登州大嵩卫(今山东海阳)人。曾任东平府学正、湖广按察使司佥事。著有《文喜堂诗文集》。

午日偕诸同人登华不注

虎牙绝壁一峰头，磴道悬岩石室幽。秀出风云通岱色，孤临烟树隐湖流。三周怀古山空在，千佛[1]凭虚[2]坐可收。俯视齐门车马地，几堪萧艾采真[3]游。

【注释】

[1]千佛：指千佛山，古称“历山”“舜山”或“舜耕山”，隋代因佛教盛行，随山势雕刻了数千佛像，故称“千佛山”。位于济南市中心南部，与华不注山一南一北，遥相对峙。

[2]凭虚：凌空。

[3]采真：道教语，指顺乎天性，放任自然。

严　沆

（一首）

严沆（hàng）（1617～1678），字子餐，号颢亭，浙江余杭（今浙江杭州）人，“西泠十子”之一。曾任户部侍郎。著有《皋园诗文集》《古秋堂集》。

丁酉重九后四日同登华不注[1]

孤峰翠巘俯齐州，绝顶风烟万里收。高屐重来扶帽稳，新诗谁与鉴碑留。千盘莲萼舟梯窄，九月黄花碧槛幽。谢客[2]篇成多吊古，樽前陈迹指春秋。

【注释】

[1]此诗与前堵廷棻诗同题同韵，当为同时所作。

[2]谢客：南北朝时诗人谢灵运幼名客儿，故称谢客。

余　缙

（一首）

余缙（1617～1689），字仲绅，号浣公，浙江诸暨人。曾任河南封丘知县、山西道御史、河南道御史。著有《大观堂集》。

华不注

昔人曾封狼居胥[1]，今时犹禅医无闾[2]。名山多在西北徼，唯尔兀兀蹲青齐。泰岱子孙百千族，迢递回环互相簇。秋空一点翠芙蓉，卓荦[3]千寻唯子独。山灵崒嵂[4]有如斯，胡俾晋师三周之。毋乃佞舌鼓其舌，洋洋大国悲丧师。吁嗟免君君获徂，女子辟兵辞且都。命公取泉身则组，逸归幸有锐司徒[5]。吾读《左氏》奇其事，未经历下恒怀思。兹瞻山椒何砢礧[6]，谁能御风若展翅，一望蜃楼暨海市[7]。

【注释】

[1]封狼居胥：指西汉时霍去病率军攻打匈奴，乘胜追击到狼居胥山（今蒙古国境内），在狼居胥山举行了祭天封礼。

[2]医无闾：即医巫闾山，古称"于微闾""无虑山"，今称"闾山"，地处今辽宁境内。周时封闾山为五岳五镇之一，自隋开始，此山便成为"五大镇山"中的"北镇"。元、明、清帝王登基时，都照例到山下北镇庙遥祭此山。

[3]卓荦（luò）：卓越，突出。

[4]崒嵂：见前严一鹏《同游次黄大中丞韵》诗注释[3]。

[5]以上几句讲齐晋鞌之战故事。详见《左传·成公二年》。

[6]砢礧（luǒ lěi）：众石堆积的样子。

[7]蜃楼、海市：大气因光折射而形成的反映地面物体的形象，古人以为是蜃气变幻成的楼阁。

施闰章

（二首）

施闰章（1619～1683），字尚白，一字屺云，号愚山，又号蠖（huò）斋，晚号矩斋，安徽宣城人，与宋琬齐名，号"南施北宋"。曾任山东学政、翰林院侍读。著有《学余堂文集》《学余堂诗集》。

华不注同子餐君渥石斋赋得秋字[1]

崚嶒[2]孤嶂逼天愁，绝顶横看沧海流。自觉浮生妨白眼，醉邀落日坐清秋。谈天稷下[3]名虚在，跃马中原战未休。苍莽寒云阴万叠，谁知今有谪仙游。

【注释】

[1]本诗与下一首同韵，据侯环《清初五进士同游华不注考》："施闰章共写了两首华山诗，不知是否因为对前一首（恐怕为即景应时之作）不满，而在其后或结集时另作一首，也未可知。"子餐：即严沆，字子餐，见前小传。君渥：即李世洽，字君渥，见后小传。石斋：即陆朝瑛，字石斋，见后小传。

[2]崚嶒（léng céng）：高耸突兀的样子。

[3]谈天：战国时齐人邹衍其语宏大迂怪，故称"谈天"。汉刘向《别录》："邹衍

之所言，五德终始，天地广大，尽言天事，故曰‘谈天’。”稷(jì)下：战国时齐国的学宫。齐都临淄有稷门，稷门附近称稷下，谈说之士皆期会于此。华不注山所在的济南战国时属齐地。

丁酉重九后四日同登华不注[1]

蹑屐华峰最上头，孤亭盘石卧淹留。岳云漠漠连群岫[2]，海色茫茫见十洲[3]。落日芳道临绝壑，当年战垒属荒丘。凭高何事添惆怅，回首乡园松菊秋。

【注释】

[1]此诗与前堵廷棻、严沆诗同题同韵，当为同时所作。

[2]岫(xiù)：山。

[3]十洲：古代传说中仙人居住的十个岛。《海内十洲记》：“汉武帝既闻王母说八方巨海之中有祖洲、瀛洲、玄洲、炎洲、长洲、元洲、流洲、生洲、凤麟洲、聚窟洲。有此十洲，乃人迹所稀绝处。”

李世治

（一首）

李世治(生卒年不详)，字君渥，河北束鹿人。顺治四年(1647 年)进士，初授江南太湖县知县，后升任兵部武库司主事、山东督粮道参议。康熙七年(1668 年)告老还乡。

丁酉重九后四日同登华不注[1]

绝巘巑岏[2]曲磴幽，登临四望晚烟收。应怜碧树时过眼，犹见黄花欲上头。虎踞巅崖凌怪石，龙蟠绝涧[3]俯灵湫[4]。兴酣凭吊[5]千年事，战伐空余故垒秋。

【注释】

[1]此题诗系与严沆、施闰章、堵廷棻诸人同游时所作。据侯环《清初五进士同游华不注考》，当时(顺治十四年，1657 年)同游的还有李世洽，时任山东乡试主考。《华不注史话》中误为李世治。

[2]绝巘(yǎn)：极高的山峰。巑岏(cuán wán)：山高锐貌。

[3]绝涧：高山陡壁之下的溪涧。

[4]灵湫(qiū)：深潭，大水池。古时以为大池中往往多灵物，故称。

[5]凭吊：对着遗迹遗物悼念古人或感慨往事。

陆朝瑛

（一首）

陆朝瑛（生卒年不详），字石斋，南直隶苏州府吴江县（今江苏吴江）人。顺治四年（1647年）进士，授户部山东司主事，后任户部员外郎、陕西乡试副考官、户部陕西司郎中、山东按察司佥事、陕西布政使司参议等职。

丁酉重九后四日同登华不注[1]

华峰峭削起平畴[2]，绝顶铺茵菊酒[3]酬。云借暮烟留远色，山凭老石记深秋。风尘恕我惟高眺，天地宽人在胜游。纵目长空思回□[4]，千岩积翠望中[5]收。

【注释】

[1]本诗及以上堵廷棻、严沆、施闰章、李世洽的同题诗作均刻于石碑，镶嵌在华山脚下华阳宫西侧泰山行宫的后墙上。本诗作者因石刻破损已难识别。据侯环《清初五进士同游华不注考》，本诗作者为时任山东按察司佥事、分巡济南道的陆朝瑛。

[2]平畴：平坦的田野。

[3]菊酒：即菊花酒。

[4]此句最后一字不可辨识。

[5]望中：视野之中。

姚文然

（一首）

姚文然（1620～1678），字弱侯，号龙怀，南直隶桐城县（今安徽桐城）人。曾任左都御史、刑部尚书。著有《姚端恪公全集》。

华不注

缘溪走马夕阳迟，不注山头散酒卮[1]。斗绝芙蓉青窈窕，同游半驻吕公祠[2]。

【注释】

[1]卮（zhī）：古代的酒器。

[2]吕公祠后原注“山腰”。在华不注山山腰有吕公祠，又称吕祖庙，祀纯阳帝君，即吕洞宾。

杜 濲

（一首）

杜濲(shuǎng)(1622～1685)，字子濂，号湄村，山东滨州人。曾任河南布政使司参政。著有《湄村全集》。

华不注

拟发征轺[1]信晓风，华泉三匝霸图空。珠宫窈窕松藏雨，丹壑谽谺[2]石饮虹。济渎[3]气连苍翠里，明湖影落有无中。犹思昔日凭高望，欲写烟岚画未工。

【注释】

[1]征轺(yáo)：远行的车。

[2]谽谺(hān xiā)：山石险峻貌。

[3]济渎(dú)：中国古代的"四渎"之一，发源于河南王屋山，流经河南、山东入渤海。现在黄河山东段的一部分和小清河的一部分，就是原济水故道。

董文骥

（五首）

董文骥(1623～1685)，字玉虬，号易农，江苏武进人。曾任甘肃陇右道。著有《微泉阁集》。

华不注

东岳势欲尽，余勇[1]贾兹山。丘陵莫闲萃，突起苍莽间。单树拔其麓，虎牙丛其颜。何必草木秀，彼岨[2]自匪顽。我以王事便，斯游遂跻攀。怪石落未落，浮云闲不闲。云根出于石，石状殆千百。其阳见三面，黛黑遥相射。自南自东西，其势崒以积。冲然角而上，若困兽跳踯。嵚然累而下，若寝兽窟宅。或攒高青剑，或排涩土戟；或如覆盆罂，或如秩肴核；或级如堂皇，或削如铁壁。行阵整如戟，布置散如奕。舒而平如掌，负而立如跖。趁而欲搏人，怒而自相龂[3]。南上六百步，置屋于石隙。祠彼古仙人，憩我跻胜客。祠傍折而西，径石相崩迫。直上一里许，山腰造山额。蛇行犬牙间，扪萝济双屐。跻顶平地少，仰面去天尺。力稀喘喙眠，徐起须人策。俯视齐州城，翼瓦分广陌。明湖悬玉镜，栎泉纤络绎。历山亦破碎，岳影渺空碧。如孙顾祖祢[4]，如帝朝百辟[5]。其阴俯山北，石更奇而赤。琐屑不足名，鳌背锐三脊。太华之一峰，赑屃[6]两向擘。西北望鹊亭，湖堙土已斥。甫也歇马处，凭吊仰词伯[7]。吟眺[8]憺忘归，陟降日云夕。

归来忆壮观，突兀动魂魄。空翠犹在眼，团词多格格。绿秀如芙蓉，语特写其迹。挂一而漏万，草此补太白。

【注释】

[1]余勇：齐晋鞌之战前，齐高固在两军阵前显示自己的勇力，并称“欲勇者贾余余勇”，遂有“余勇可贾”一词。这里是说华不注山是泰山的余脉。

[2]岨(qū)：带土的石山。

[3]齰(zé)：啮，咬。以上十余句，颇类似于唐韩愈《南山》诗的写法。

[4]祖祢(nǐ)：古代对已在宗庙中立牌位的亡父的称谓。

[5]百辟：诸侯、百官。

[6]赑屃(bì xì)：古代中国传说中龙之九子中的第六子，样子似龟，喜欢负重，碑下龟是也。

[7]词伯：称誉擅长文词的大家，犹词宗，此处指杜甫。

[8]眺(tiāo)：耳鸣，耳病。疑为“眺”字。

戴同年岵瞻招游华不注，独登绝顶题诗崖壁

海岱[1]浮云生石骨，燕齐平野见纤毫。直凌绝顶群山碎，斜倚危峰置屋牢。玉井[2]半跗分太华，芙蓉一碧映飞涛。湖亭秋色今何处？只见黄尘满客袍[3]。

【注释】

[1]海岱：现在山东省渤海至泰山之间的地带。

[2]玉井：指太华山上的玉井。一说指华山西峰之下的深潭。

[3]诗后原注：“杜工部题《鹊山湖亭》诗，赵松雪画《鹊华秋色图》，今湮为陆。”杜甫有《暂如临邑至鹊山湖亭奉怀李员外率尔成兴》诗，赵孟頫有《鹊华秋色图》，均描摹唐宋时华不注山周边的湖光山色。至明清时湖水渐涸，故云“只见黄尘满客袍”。

马上望华不注，寻李于鳞[1]故居

我行经历下，华不注曾闻。四面斧如削，孤峰斗出群。青蟠齐右气，黑光石根[2]云。白雪楼[3]何处，徘徊日欲曛。

【注释】

[1]李于鳞：即李攀龙，见前小传。

[2]桹(láng)：高耸的树木。

[3]白雪楼：见前张丹《秋日历下登华不注峰眺望，有怀于鳞先生》诗注释[3]。

戴岵瞻邀同游华不注，独登绝顶率题诗于崖壁

（二首）

峷耸孤峰霄汉间，劈开俏华尖流关。培嵝[1]四面压而起，土块东来往复还。胸荡浮云通海岱，樽邀飞鸟对湖山。健如黄犊[2]凭双脚，独上芙蓉亦可攀。

置屋层崖结构牢，宜凌绝顶破铁毫。登临四顾小齐鲁[3]，李杜游来[4]见雅骚。一杖金车词客尽，三周铁骑战尘高。虎平自古江南少，浪笑童山土不毛。

【注释】

[1]培嵝(póu lǒu)：本作"部娄"，小土丘。

[2]健如黄犊：唐杜甫《百忧集行》诗："忆年十五心尚孩，健如黄犊走复来。"

[3]小齐鲁：《孟子·尽心上》："孔子登东山而小鲁，登泰山而小天下。"

[4]李杜游来：李白、杜甫都曾到华不注山游览过。

王士禄

（一首）

王士禄(1626～1673)，字子底，一字伯受，号西樵，乡人私谥"节孝先生"，山东新城(今山东桓台)人，王士禛之兄。自少能文章，工吟咏，以诗法授诸弟，皆有成就。曾任莱州府教授、吏部主事。著有《十笏草堂诗选》。

华不注歌[1]

济上群山青破碎，稍如犄角少附丽。独有华不注最奇，虎牙杰立尤孤锐。忆昔九日登兹峰[2]，发兴还缘两巨公。广平[3]意豪疲杖策，半峰扫石趺[4]长松。龙眠[5]锐气凌天风，穷颠造极无留踪，我时突兀相追从。涵山鹊湖出眼底，哀丝豪竹当樽浓。抽毫挥卮沓[6]相间，未暇摇落悲霜枫。岁月回头如转烛，风流云散谁能续。两公各挂贞白冠[7]，贱子[8]尘埃仍碌碌。渠独无能嗣胜游，并艰放眼空青曲。归辕东略一兴怀，虚羡仙人跨白鹿。

【注释】

[1]题下原注："不，平声。"

[2]句后原注："戊子岁"，即1648年。

[3]原注："非熊先生。"广平不知何人，此时有名张勇者，字非熊，不知是此人否。

[4]趺(fū)：两足交叠而坐，即盘腿而坐。

[5]原注："弱侯先生。"即姚文然，字弱侯，见前小传。

[6]沓(mèn)：地下冒出的水，即泉水。

[7]挂……冠：即辞官。贞白：守正清白。

[8]贱子：自己的谦称。

王 樛

(一首)

王樛(jiū)(1626～1665)，字予下，号息轩，山东淄川人。曾任通政使司右通政。著有《息轩草》。

登华不注

丹嶂回环翠几重，插天孤起绿芙蓉。巨灵[1]点缀名泉色，西岳新移玉女峰[2]。

【注释】

[1]巨灵：神话传说中劈开华山的河神。干宝《搜神记》："二华之山，本一山也，当河，河水过之，而曲行；河神巨灵，以手擘开其上，以足蹈离其下，中分为两，以利河流。今观手迹于华岳上，指掌之形具在；脚迹在首阳山下，至今犹存。"

[2]这两句是说，华不注山是巨灵神为点缀名泉，从西岳移来的。

释元玉

(一首)

释元玉(1628～1695)，字祖珍，号古翁，别号石堂老人，广陵崇川(今江苏南通)人。俗姓马，曾住持泰山普照寺。著有《石堂集》。

济南八景·华岩

一朵菡萏秀平陆，亘古熏风吹不开。我有一枝筇竹杖[1]，相寻不惜远携来。孤高转觉增游兴，天籁拟从绝顶听。谩[2]谓层霄路莫通，云中自有登仙径。

【注释】

[1]筇竹杖：见前赵孟頫《七古》诗注释[4]。

［2］谩：莫，不要。

李澄中

（一首）

李澄中（1629～1700），字渭清，号茵田，又号渔村、怡堂，晚号“秋水老人”，山东诸城人，清初著名文人。曾任翰林院编修，充《明史》纂修官，典云南乡试。著有《卧象山房集》。

望华不注

裘敝尚风沙，人今见鹊华[1]。山峰当道直，湖水带城斜。落木闻寒杵[2]，高天界晚霞。前途有齐酒，细酌送归鸦。

【注释】

［1］鹊华：鹊山、华山的省称。

［2］寒杵（chǔ）：寒秋时的杵声。杵，捣衣用的棒槌。唐岑参《宿关西客舍寄东山严许二山人时天宝初七月初三日在内学见有高道举徵》诗：“孤灯然客梦，寒杵捣乡愁。”

严我斯

（一首）

严我斯（1629～?），字就斯，一字存庵，浙江归安（今浙江湖州）人。康熙三年（1664年）进士第一，曾任山东乡试主考官、礼部左侍郎。著有《尺五堂诗删》。

望华不注山怀李白旧游处

谁将一朵青芙蓉，掷此平地高峨嵷[1]。旁无枝叶势孤耸，亭亭欲上撑鸿蒙[2]。昔有狂李白，白日骑苍龙。左携赤松子，右挈东王公[3]，餐霞吸日游无穷。我来对此倦羽翼，跂予望之[4]心忡忡。安能脱此头上巾，白也与之相追从。手弄倒景攀若木[5]，平明谒帝蓬莱宫。不然蹉跎人世随飘蓬，李白李白，尔将笑我屈首困樊笼。

【注释】

［1］峨嵷：见前亢思谦《游华不注峰省吾宪长首倡次韵》诗注释［3］。

［2］鸿蒙：传说在盘古开天辟地之前，世界是一团混沌的元气，这种自然的元气叫作“鸿蒙”。

[3]东王公:又称木公、东皇公、东华帝君等。在道教中,凡是得道入仙之人,都得先拜东王公,再拜见西王母,然后才能飞升进入九天,再入三清境谒拜元始天尊、灵宝天尊和道德天尊。

[4]跂予望之:出自《诗经·卫风·河广》:“谁谓宋远,跂予望之”,意谓抬起脚跟远望。

[5]若木:传说中的神木名,生于西极荒远之地,是日之所入处。

朱彝尊

(一首)

朱彝尊(1629～1709),字锡鬯(chàng),号竹垞,又号醧(yù)舫,晚号小长芦钓鱼师,又号金风亭长,浙江秀水(今浙江嘉兴)人,清代词人、学者、藏书家。博通经史,诗与王士禛称“南北两大宗”;作词风格清丽,为“浙西词派”的创始人。曾任翰林院检讨,参与修撰《明史》,充日讲官,知起居注,典江南乡试,入值南书房。著有《曝书亭集》。

华不注

仙梵[1]开初地,《春秋》识旧名。青莲齐吐萼,石笋独抽萌。泉忆边庭实[2],居连许殿卿[3]。凄凉怀旧意,驱马入荒城。

【注释】

[1]仙梵:指道教徒诵经的声音。

[2]边庭实:即边贡,字廷实,号华泉,故称“泉忆边庭实”。见前小传。

[3]许殿卿:即许邦才,字殿卿,明代济南历城人。见前小传。

王士禛

(十一首)

王士禛(1634～1711),字贻上,号阮亭,别号渔洋山人,因避讳曾改名士正、获赐名士祯,山东新城(今山东桓台)人。清代杰出诗人、文学家,继钱谦益之后主盟诗坛,与朱彝尊并称“南朱北王”。诗论创“神韵”说,于后世影响深远。曾任国子监祭酒、刑部尚书。著有《渔洋诗集》《蚕尾集》《带经堂集》。

秋日游华不注、明湖、趵突泉诸名胜,闲暇有赋,仍用“清波收潦日,华林鸣籁初”[1]为韵十首(选三)

华注削寒碧,日入风景清。倒影散平楚[2],翠色连州城。花萼跗明水,虎牙刺空青。安得白鹿翁[3]，从彼升天行！

西望亦有鹊，东望亦有华。两峰斗蛾眉，明湖如绛纱。司徒[4]泣枫影，沧溟[5]悲稗花。李驹与边习[6]，千载令人嗟[7]。

单椒何翠发，凝望疑点黛。长啸访赤松，景飙激天籁。碧湖涸已久，青山尚如绘。金粟古如来[8]，音尘复何在[9]？

【注释】

[1]“清波收潦日，华林鸣籁初”：南北朝诗人萧悫的诗句。

[2]平楚：从高处远望，丛林树梢齐平。南朝齐谢朓《宣城郡内登望》诗：“寒城一以眺，平楚正苍然。”

[3]白鹿翁：疑指李白诗中的仙人赤松子。唐李白《古风》诗：“借予一白鹿，自挟两青龙。”

[4]司徒：古代官职名，掌民事。在此指边贡，边贡曾任户部尚书，相当于司徒。见前小传。

[5]沧溟：李攀龙号沧溟。见前小传。

[6]李驹：李攀龙长子。边习：边贡之次子。

[7]诗后原注：“习字仲学，华泉子，能诗，有父风。”

[8]金粟如来：过去佛之名，维摩居士之前身。

[9]诗后原注：“太白《华不注》诗：‘潇洒古仙人，了知是赤松。’鹊山湖为刘豫所塞。”

遥和严颙亭、施愚山秋日登华不注之作[1]

齐烟九点散清秋，花萼孤明万仞浮。绝涧但连行父垒[2]，平湖不见谪仙[3]舟。战鞶汛鹊俱陈迹，白苎青藤复胜流。高咏岂殊陶谢[4]手，少文潦倒愧同游。

【注释】

[1]严颙亭：即严沆，见前小传。施愚山：即施闰章，见前小传。据题，本诗为遥和严沆、施闰章等《丁酉重九后四日同登华不注》之作。

[2]行父：即季孙行父、季文子，春秋时鲁国正卿，鞌之战中鲁国军队的统帅。垒：即军营。

[3]谪仙：即李白。李白有诗《陪从祖济南太守泛鹊山湖》三首。

[4]陶谢：见前郑材《同杜爵斋登山》诗注释[6]。

华不注

天半落空青，孤峰削翠屏。云霞纷罨霭，洞壑秘神灵。吊古思仙棹，探奇验《水经》[1]。登临近重九，风日接沧溟[2]。

【注释】

[1]这两句是说，在华不注山可以吊古，可以探奇。吊古可以发游仙之幽情，探奇可以验证《水经注》中关于华不注山的记载。

[2]沧溟：指苍天、大海。

过鹊华

鹊华相对玉孱颜[1]，五度经过未一攀。床侧都抛新蜡屐[2]，眼中虚负好溪山。

【注释】

[1]孱颜：见前元好问《华不注山》注释[2]。

[2]蜡屐：以蜡涂木屐。语出南朝宋刘义庆《世说新语·雅量》："或有诣阮(孚)，见自吹火蜡屐，因叹曰：'未知一生当着几量屐！'神色闲畅。"后因以"蜡屐"指悠闲、无所作为的生活。

戊辰人日[1]雪行华山下作

吾州最爱华不注，白日青天卓虎牙。一夜山中三尺雪，晓来失却青莲花。忽雷闸[2]下流澌急，华岩宫[3]前云雾遮。转忆石帆亭子畔，老梅寒竹斗横斜。

【注释】

[1]人日：又称"人节""人庆节""人七日"等。每年农历正月初七日是中国传统节日。传说女娲创世，于第七天创造了人，所以这一天是人类的生日。

[2]忽雷闸：明代以来在华不注周边所建用以防洪和灌溉的水闸，据《济南府新建崇正闸记》当作"呼雷闸"。

[3]华岩宫：即华阳宫，是济南市一处道教宫观，也是济南地区规模最大的古建筑群，在华不注山南侧，故称华阳宫。

望华不注怀古

老慵便卧舆[1]，北风吹庞凉。卷帘华不注，时来献青苍。想象易位处，东南亩纵横。齐晋昔更霸，往事可怜伤。岂知妇人笑，遂召四国殃[2]。华泉终古流，不见系车桑[3]。晚投乔木村，蜡炬明空堂。天低雪欲作，四顾云茫茫。明日渡溪彴[4]，早梅应破黄。

【注释】

[1]舆：车中装载东西的部分，后泛指车。

[2]这两句说的是齐晋搴之战的起因。《左传·宣公十七年》："晋侯使郤克征会于齐。齐顷公帷妇人使观之。郤子登，妇人笑于房。献子怒，出而誓曰：'所不此报，无能涉河！'"后遂引发齐晋搴之战。搴之战中，鲁、卫与晋为一方，齐为一方，故称"四国殃"。

[3]系车桑：指挂住齐顷公车子的树木。《左传·成公二年》："逢丑父与公易位。将及华泉，骖絓于木而止。"

[4]彴(zhuó)：独木桥，或溪流中用以渡人的踏脚石。

归经鹊华二山间即目

山海作经首鹊山，招摇之桂生其间。丽麂之水出其下，祝余四照花斓斒[1]。今此鹊山勿乃是，越人陈迹谁追攀。泺水南来纡且直，罗生夹岸蘅芜葌[2]。隔水正望华不注，疑临玉镜窥烟鬟。是耶非耶看不定，尹邢双照[3]蛾眉弯。被山瑹玗[4]不收拾，黄如蒸栗丹砂殷。七十二闸远钩带，如棋布子交回环。柳花满树绿于染，杏花点地红斑斑。始知今日已寒食，泼火小雨回天悭。濯缨湖亭好烟景，春波澹沲[5]清心颜。回首却望卫河北，风沙莽荡连雄关。

【注释】

[1]开头四句是讲《山海经》中对鹊山的记载。《山海经·南山经》："南山经之首，曰鹊山。其首曰招摇之山，临于西海之上，多桂，多金玉。有草焉，其状如韭而青华，其名曰祝余，食之不饥。……丽麂之水出焉，而西流注于海。"麂(jǐ)：哺乳动物的一种，像鹿，通称"麂子"。斓斒(lán bān)：色彩错杂鲜明貌。

[2]葌(jiān)：兰草。《山海经·中山经》："吴林之山，其中多葌草。"

[3]尹邢双照：从成语"尹邢避面"化用而来。汉武帝有宠妃尹夫人与邢夫人，因同时被宠幸，汉武帝有诏二人不得相见。事见《史记·外戚世家》。这里是说鹊山、华山如同尹、邢双照。

[4]瑹玗(tū fū)：一种玉。

[5]澹沲(dàn duò)：荡漾貌。明高启《感旧酬宋军咨见寄》诗："风日初澹沲，樱桃作繁英。"

鹊华二山下作

麦已登场蚕不眠，田家即事足听然[1]。回塘浅港浮花鸭，绿树青林叫杜鹃。袍笏久知如昨梦，溪山犹欲了前缘。过眉七尺红藤杖，伴我芒鞋几两[2]穿。

【注释】

[1]听(yǐn)然：笑貌。《史记·司马相如列传》："无是公听然而笑。"

[2]几两：即几量。见前《过鹊华》诗注释[2]。

华不注

忆下巫山翠万重，江云峡雨试轻容[1]。依稀三十年前梦，十二峰中见此峰[2]。

【注释】

[1]轻容：无花薄纱。宋周密《齐东野语》："纱之至轻者，有所谓轻容。"

[2]诗后原注："巫峰中有神女峰，又名美女峰，此山与之相似，但不逮其高耳。"

曹贞吉

（一首）

曹贞吉(1634～1698)，字升六，又字升阶、迪清，号实庵，山东安丘人，清代著名词人。曾任礼部郎中。著有《珂雪集》。

华不注

谁凿鸿蒙[1]破，苍然矗一峰。天清分涧壑，玉立削芙蓉。绝顶窥溟渤[2]，孤云接岱宗[3]。何当寻鸟道[4]，策杖竟相从。

【注释】

[1]鸿蒙：见前严我斯《望华不注山怀李白旧游处》注释[2]。

[2]溟渤：溟海和渤海，泛指大海。

[3]岱宗：即泰山。华不注山是泰山山脉的最北端。

[4]鸟道：险峻狭窄的山路。唐李白《蜀道难》诗："西当太白有鸟道，可以横绝峨眉巅。"

田 雯

（二首）

田雯（1635～1704），字紫纶，一字子纶，亦字纶霞，号漪亭，自号山姜子，晚号蒙斋，山东德州人。工诗善文，自成一家，与文学大家王士禛、施闰章等人同享盛名。曾任江南学政、江苏巡抚。著有《古欢堂集》。

华不注

（二首）

水汇如凹臼，兹山乃撑拄。一峰矗太清[1]，不与众峰侣。离离螺髻[2]垂，翠绿净可数。雨栉石发细，云裂松髯补。天风吹我来，理策[3]历半坞。蹩躠[4]盘径幽，窈窕奇花吐。企脚[5]筋力微，兀坐[6]思翮举。上界[7]传梵钟，采药探瑶圃。骑鹤伊何人，嗒然[8]闻笑语。

昔闻谪仙人，曾此一振衣。千仞青芙蓉，萧飒扬清辉。赤脚不可寻，烟雨何霏微[9]！御风凌绝顶，猿鹤时相依。上接天汉津[10]，片石见支机[11]。瑶台终杳冥，日斜照灵旗。安得携长镵[12]，去劚黄独[13]肥。散发俯泺川，悠悠素心违。

【注释】

[1]太清：指天空。

[2]螺髻：形似螺壳的发髻。

[3]理策：犹扶杖，拄杖。

[4]蹩躠（sǎ）：尽心用力貌。

[5]企脚：翘起脚。

[6]兀坐：危坐，端坐。

[7]上界：指天上神仙居住的地方，天界。

[8]嗒（tǎ）然：形容身心俱遣、物我两忘的神态。

[9]霏微：雨雪细小的样子。

[10]天汉：即银河。津：渡口。

[11]支机：即支机石，传说中织女用以支撑织布机的石头。

[12]长镵（chán）：古代的一种掘土器，有长柄。

[13]劚（zhú）：掘，挖。黄独：多年生草本野生藤蔓植物，别名黄药、山慈姑等。

赵 仑

（一首）

赵仑(1636～1696)，字叔公，号阆仙，山东莱阳人。曾任太常寺少卿。著有《因树屋集》。

望华不注

叠嶂北城隅，嵬然[1]镇此都。高盘千丈曲，削壁一峰孤。树色遥含郭，岚光半接湖。停轺[2]看不厌，回首重踟蹰。

【注释】

[1]嵬(wéi)然：屹立貌。

[2]停轺(yáo)：停车。唐宋之问《度大庾岭》诗："度岭方辞国，停轺一望家。"

赵 俞

（一首）

赵俞(1636～1713)，字文饶，号蒙泉，江苏嘉定(今上海嘉定)人。曾任定陶知县。著有《绀寒亭诗集》。

望见华不注山不得上，灯下有作

看山便如访友去，岂知觌面[1]还不遇。儿童知有华不注，闻名未得到其处。马头[2]天外卓一峰，势作翻空欲轩翥[3]。决眦[4]忽入飞鸟群，腾身直上峰头驻。古人陈迹已苍凉，战血销沉但烟树。传道阛都[5]冠盖聚，脚靴手板趋如鹜。城中嚣尘十丈高，回头已失岩壑趣。何异主人丰膳具，肉干人饥不得饫[6]。嗟哉吾生福命悭[7]，此行翻愧识此山。五十年来到此难，已遇不遇竟空还。璧月银灯照客颜，恍对林峦紫翠斑。好将泉石膏肓[8]意，仍寄烟霞梦想间。

【注释】

[1]觌(dí)面：当面，迎面。

[2]马头：唐李白《送友人入蜀》诗："山从人面起，云傍马头生。"

[3]轩翥(zhù)：飞举。

[4]决眦(zì)：极目远望。唐杜甫《望岳》诗："荡胸生层云，决眦入归鸟。"

[5]阛(yīn)都：即"阛阇"，指城市街里。语出《诗经·郑风·出其东门》："出其阛阇。"

[6]饫(yù):饱食。

[7]慳(qiān):缺欠。

[8]膏肓(huāng):古代医学以心尖脂肪为膏,心脏与隔膜之间为肓。此指内心深处。

顾贞观

（一首）

顾贞观(1637~1714),原名华文,字远平、华峰,亦作华封,号梁汾,江苏无锡人,明末东林党人顾宪成四世孙。曾任秘书院典籍,曾馆纳兰相国家,与相国子纳兰性德交契。著有《顾梁汾先生诗词集》。

登华不注绝顶

行攀积铁[1]迥添愁,白日晴崖雪不流。石语寒山惟一片,云围古殿亦三周。金舆险尽芙蓉削,帝座高通麋鹿游。江左夷吾[2]何事业,醉看九点笑齐州。

【注释】

[1]积铁:堆积的铁,形容陡峭深黑。

[2]江左夷吾:语出《晋书·温峤传》:"于时江左草创,纲维未举,峤殊以为忧。及见王导共谈,欢然曰:'江左自有管夷吾,吾复何虑!'"夷吾,即春秋时政治家管仲。

张 侗

（一首）

张侗(生卒年不详),字同人,号石民,山东诸城人。隐居不仕,常聚四方文士,酬唱于放鹤园。著有《琅琊放鹤村诗集》。

醉中登华不住

荷花半落藕初肥,醉拥残霞海上归。白鹭[1]不知天在水,行行梯浪[2]入云飞。

【注释】

[1]白鹭:常见鸟类,多栖息于沼泽、稻田、湖泊或滩涂地。

[2]梯浪:以浪为梯。

蒲松龄

（一首）

蒲松龄(1640～1715)，字留仙，号柳泉居士，世称聊斋先生，山东淄川人，清代文学家。屡应乡试不中。著有《聊斋志异》。

华不注晴望

城里看山山愈幽，依微[1]城畔雨初收。楼台影浸花千亩，烟水晴归鹭一洲。人在木兰[2]俱是客，月来香国[3]更宜秋。轻桡去向寒烟外，醉拍红桥又放舟。

【注释】

[1]依微：细微，轻微。唐韦应物《长安道》诗："春雨依微春尚早，长安贵游爱芳草。"

[2]木兰：指木兰舟，即船的美称。

[3]香国：花国。金元好问《紫牡丹》诗："已从香国偏薰染，更惜花神巧剪裁。"

张笃庆

（四首）

张笃庆(1642～1715)，字历友，号厚斋，别号昆仑山人，山东淄川人。屡应科试不中。著有《昆仑山房集》。

忆历下旧游十五首[1]

（其十五）

虎牙杰立郁嵯峨[2]，一望单椒紫翠多。佑客征歌小垂手[3]，榜人击棹大清河[4]。两行毳帐罽宾[5]至，十五燕姬代马驮。今日齐都[6]真巨丽，泱泱表海[7]意如何。

【注释】

[1]题下原注："《水经注》云：华不注单椒秀泽，虎牙杰立。"

[2]嵯峨：见前张经《登华不注峰》诗注释[1]。

[3]佑客：即侑客，劝客。征歌：征招歌伎。小垂手：舞名。

[4]榜人：船夫。击棹：打桨，驾船。大清河：由东平流经平阴、长清、历城、济阳等地东北流入渤海的河流，1855年后河道为黄河所夺。

[5]毳(cuì)帐：游牧民族所居毡帐。罽(jì)宾：西域国名。

[6]齐都:见前李白《古风》诗注释[2]。

[7]表海:即海表,指海外。

华不注下谒华阳宫[1]

西过崇正闸,大野何苍莽[2]。乃谒华阳宫,再拜瞻灵爽[3]。我思古皇功,造化真在掌。鸿蒙既已判,元气生万象。水火自相济,金木亦致养[4]。或为赤熛怒[5],或作灵威仰[6]。招拒领蓐收[7],汁光照伭壤[8]。青阳与祝融[9],一一皆配享[10]。土为万物滋,何以缺歆飨[11]。炎汉重五畤[12],轩帝同肸蚃[13]。今兹四帝祠,典礼亦云罔。得无枌榆社[14],村翁自来往。牛首与蛇身,空山走魍魉[15]。殿宇何凄清,荒台赫弘厂[16]。樵路寂无人,松涛出清响。灵风萧然至,幽意恣孤赏。

【注释】

[1]题下原注:"内祀太昊、炎帝、金天、高阳四帝,而不祀轩辕,亦非典也。"华阳宫,因位居华山之阳而得名,创始年代不可考。

[2]苍莽:无边无际的样子。

[3]灵爽:指神灵,神明。

[4]致养:得到养育。

[5]赤熛(biāo)怒:古代谶纬家所谓五帝之一,南方之神,司夏天,亦称"赤帝"。

[6]灵威仰:古代谶纬家所谓五帝之一,东方之神,司春天,亦称"青帝"。

[7]招拒:即白招拒,古代谶纬家所谓五帝之一,西方之神,司秋天,亦称"白帝"。蓐(rù)收:白帝少昊的辅佐神,有人说蓐收为白帝之子。

[8]汁光:即汁光纪,古代谶纬家所谓五帝之一,北方之神,司冬天,亦称"黑帝"。伭壤:即玄壤,北方地区,也指地府。

[9]青阳:指春天。祝融:火神,也可指夏天。

[10]配享:合祭,祔祀。

[11]歆飨(xiǎng):指鬼神享受祭品、香火。这句是说土是滋养万物的,为什么不祭祀土神呢?指华阳宫中不祀轩辕。轩辕,传说中的黄帝,中央之神。

[12]炎汉:即汉朝。汉朝因尚火德,故称"炎汉"。五畤(zhì):又称"五畤原",在今陕西凤翔南,秦汉时祭祀天帝的处所。

[13]肸蚃(xī xiǎng):比喻灵感通微。

[14]枌(fén)榆社:汉高祖刘邦故乡丰县的里社名。

[15]魍魉(wǎng liǎng):古代神话传说中的山川精怪。

[16]弘厂:即弘敞,高大宽敞。

往来历下有年矣，率皆远望华不注。丁卯二月赴长安，道经其下，才一陟山腰，又以大风未至绝巅也

（二首）

华山面目今朝见，四十年来此暂过。风伯[1]何缘复相妒，红尘千里客愁多。

万仞芙蓉削翠屏，巉岩迢递[2]上金庭[3]。风尘车马遥回看，依旧云迷十里青。

【注释】

[1]风伯：即指风神，是人面鸟身的天神。又称"风师""飞廉""箕伯"等。

[2]巉（chán）岩：陡而隆起的岩石。迢递（tiáo dì）：高峻貌。

[3]金庭：传说中天上神仙所居之处。

马惟敏

（一首）

马惟敏（1644～1705），字超骧，号半处士，山东东皋（今属山东邹平）人。诸生。著有《半处士诗集》。

登华不注遇雨

石磴攀缘兴不穷，披襟[1]极顶领高风。函峰渺渺浓烟外，䃎水蒙蒙细雨中。目阔山川原自阔，心空尘世久成空。此时此意此番景，骑鹿人游海角[2]东。

【注释】

[1]披襟：敞开衣襟，比喻舒畅心怀。

[2]海角：本指突出于海中的狭长形陆地，形容极远僻的地方。

黄 谦

（一首）

黄谦（1644～1692），字六吉，号麓碛，又号抑庵，天津人。诸生，天津草堂社主盟。著有《历下吟》。

华不注

华注千年藉甚名，登临今始惬初情。相离谷口无多路，及到山腰仅并

城。楮树[1]迎秋花半紫，松烟锁寺影全平。清缘莫信曹邱[2]辈，幽赏惟凭孤兴生。

【注释】

[1]楮(chǔ)树：落叶乔木，叶似桑，树皮可制桑皮纸和宣纸。又称构树。

[2]曹邱：复姓。汉代有曹邱生，对季布的任侠义勇到处赞扬，季布因之享有盛名。事详《史记·季布栾布列传》。后以"曹邱"或"曹邱生"作为荐引、称扬者的代称。

高士奇

（一首）

高士奇(1645～1704)，字澹人，号瓶庐，又号江村，浙江余姚人，清代著名学者。曾任翰林院侍读学士、礼部侍郎。著有《清吟堂集》。

登济南城楼望华不注

历下地轴雄，楼堞[1]众山绕。俯瞰北渚亭，沦涟[2]若池沼。东顾插华峰，虎牙刺云表。鹊药抱其西，蹲伏皆藐小[3]。昔读太白诗，齐鲁恣登眺[4]。一片青芙蓉，寤寐屡萦扰。属车奉清尘，山光发睿藻。置身星汉傍，眉睫罗烟茑[5]。

【注释】

[1]楼堞(dié)：城楼与城堞，泛指城墙。

[2]沦涟(lián)：水波，微波。

[3]句后原注："鹊山、药山在华不注西，望之若儿孙矣。"

[4]句后原注："李白诗云：昔岁游历下，登华不注峰。兹山何峻秀，青翠似芙蓉。"

[5]茑(niǎo)：寄生植物。

李发甲

（一首）

李发甲(1652～1717)，字瀛仙，云南河阳(今云南澄江)人。曾任山东按察使、湖南巡抚。著有《居易草堂集》。

游华不注山

华山秀出几重重，岌嶪[1]由来造化钟。东接沧溟开列嶂，南联泰岱瞰诸峰。参天狮窟九霄[2]近，大地龙蹲[3]万壑从。独立齐州形胜好，层峦犹是古尧封[4]。

【注释】

[1]岌嶪：见前王廷相《华不注歌》注释[1]。

[2]狮窟：释迦牟尼被喻为人中狮子。据说他出生时，一手指天，一手指地，作狮子吼。后来便将传承佛法的方丈和尚居住的地方喻为狮窟。九霄：古代神话传说天有九重，又叫九重霄。

[3]龙蹲：《春秋演孔图》："孔子长十尺，大九围，坐如蹲龙，立如牵牛，就之如昴，望之如斗。"后因以龙蹲指孔子。

[4]尧封：传说尧时命舜巡视天下，划为十二州，并在十二座大山上封土为坛以作祭祀。

爱新觉罗·玄烨

（一首）

爱新觉罗·玄烨(1654～1722)，清朝第四位皇帝，年号"康熙"，庙号"圣祖"。

登济南城望华不注

百雉[1]城临济水隈[2]，云山环拱接青莱[3]。更看瘦削孤峰色，独立亭亭秀作堆。

【注释】

[1]百雉(zhì)：城墙的长度达到三百丈。雉，古代计算城墙面积的单位，长三丈、高一丈为一雉。这里指城墙。

[2]隈(wēi)：水流弯曲的地方。

[3]青莱：指青州和莱州。清代时，从济南府往东，依次为青州府和莱州府。

庞 垲

（二首）

庞垲(1657～1725)，字霁公，河北任邱人。曾任翰林院检讨、福建建宁知府。著有《丛碧山房集》。

望华不注山

（二首）

岧嶤[1]碧石耸孤棱，终古青天一柱承。竟日[2]云烟生绝顶，有特雷雨过中层。每当倚槛看无厌，几欲扶筇[3]病不能。应是山灵谢逋客[4]，千秋只许谪仙登。

郡城东北有高峰，极目中天积翠重。峭壁孤撑悬日月，长河双控锁蛟龙。还闻倒景浮沧海，定拟盘根接岱宗。病体渐强行步健，终期放眼出尘封[5]。

【注释】

[1]岧嶤(tiáo yáo)：亦作"岧峣""岹峣"，高峻，高耸。

[2]竟日：终日，从早到晚。

[3]扶筇：见前赵孟頫《七古》诗注释[4]。

[4]谢：谢绝。逋客：避世之人。南朝齐孔稚珪《北山移文》："请回俗士驾，为君谢逋客。"

[5]尘封：犹尘世。

赵执信

（一首）

赵执信(1662～1744)，字伸符，号秋谷，晚号饴山老人，山东博山人。曾任翰林院检讨。著有《饴山诗集》。

华山行

跛者御，跛者登，妇人帷房闻笑声，笑声未绝晋师兴[1]。华不注山干青冥，山前东亩何纵横。欲寻丑父易位处，华泉之水今犹清[2]。纪甗与玉磬，差异城下盟[3]。寡君奉亲以色养[4]，岂意社稷将随倾。呜呼，宁独巧笑能倾城！

【注释】

[1]开头四句讲鞌之战的起因，见前王士禛《望华不注怀古》诗注释[2]。

[2]这四句讲鞌之战与华不注山，见前曾巩《华不注山》诗注释[8]。

[3]这两句是说，鞌之战后齐国为向晋国求和，献出纪甗(yǎn)与玉磬，并表示愿意割地，与城下之盟没什么两样。

[4]色养：指为子女者和颜悦色奉养父母或承顺父母。《论语·为政》："子夏问孝。子曰：'色难。'"嘲笑郤克的萧同叔子为齐顷公生母，她去偷看使者是齐顷公安排的，故称"寡君奉亲以色养"。

杜 诏

（一首）

杜诏（1666～1736），字紫纶，江苏无锡人。曾任翰林院庶吉士。著有《云川阁集》。

登历山望华不注

久住明湖旁，端居历城内。突兀起层楼，周览了无碍。历山并华山，东南相向背。及上历山来，乃与华山对。单椒秀桀立，翠发浓点黛。徘徊古佛厓，颓垣尽芜秽。秋风莽牢落[1]，望古托深慨。相传舜耕处，无田可锄耒[2]。齐晋鞌之战，三周迷进退。上下百千年，变幻百千态。陈迹抚苍茫，山空夕阳在。

【注释】

[1]牢落：犹寥落。稀疏零落貌，零落荒芜貌。《文选·司马相如〈上林赋〉》："牢落陆离，烂漫远迁。"

[2]锄耒（lěi）：锄与犁，亦泛指农具。耒，犁的别称。

屈 复

（一首）

屈复（1668～1745），字见心，号金粟，晚号悔翁，陕西蒲城人。布衣出游五十余年，曾被举博学鸿词科，不肯应试。著有《弱水集》。

登华不注[1]

群峰共绕芙蓉秀，独劈孤云一点尖。闻道三周称武略[2]，登临千载重韬钤[3]。青青麦陇春晴晚，白白华泉饮恨添。微笑尚然能复怨，山光松影愧长髯。

【注释】

[1]题下原注："山在济南府东北，孤峰独秀，圆如削成。大白云'绿秀如芙容'，良然。"注中"大"当为"太"字之误，"容"当为"蓉"字之误。

[2]武略：军事谋略。

[3]韬钤（qián）：古代兵书《六韬》《玉钤》篇的并称。后泛指兵书。

朱 缃

（二首）

朱缃（xiāng）（1670～1707），字子青，号橡村，原籍山东高唐，后迁居山东历城。尝与弟朱纲学诗于王士禛。官候补主事。著有《橡村集》。

登华不注

（二首）

东风骑马来，出郭二三里。取路入峆岈[1]，苍翠拔地起。湿岚扑春衣，小桥列雁齿[2]。岩边看飞帛[3]，千尺溜雪髓[4]。天际螺髻青，石上苔钱紫。山境随处佳[5]，误到亦可喜。小庙掩红扉，寂寞桃花里。扣门逢僧雏[6]，就坐施蒲椅。山伴三五徒，竹杯倾蓝尾[7]。幽磬一声来，深林醒醉耳。起视舜子城[8]，乱烟隔山觜。

岩头树倒生，诘曲纷拏[9]攫。石磴卧残碑，草痕封字脚。一峰逼太虚，幂历[10]芙蓉削。振衣临绝巘[11]，绿影覆杯杓[12]。石乳滴泉香，松涛响疏铎。扑簌杏花开，山腰失楼阁。几点泼火雨[13]，霮䨴[14]春云薄。小燕湿红襟，欸欸飞还落。长啸空十觞，灵籁起幽壑。边李[15]绝代才，大雅久不作。吾欲觅神仙，凌风驾黄鹤。

【注释】

[1]峆岈(hān xiā)：山中深邃的样子。

[2]雁齿：排列整齐之物，常比喻桥的台阶。唐白居易《答王尚书问履道池旧桥》："虹梁雁齿随年换，素板朱栏逐日修。"

[3]飞帛：疑指山中的溪水。

[4]雪髓：比喻纯净清凉的泉水。

[5]佳(cuī)：通"崔"，高大貌。

[6]僧雏：幼龄的僧人。

[7]蓝尾：即屠苏酒。宋窦苹《酒谱・酒之事》："今人元日饮屠苏酒，云可以辟瘟气，亦曰蓝尾酒。或以年高最后饮之，故有尾之义尔。"

[8]舜子城：指济南，济南多舜的遗迹。

[9]诘曲：屈曲，屈折。纷拏：混乱错杂貌。

[10]幂历：分布覆被貌，弥漫笼罩貌。

[11]绝巘(yǎn)：极高的山峰。

[12]杯杓(sháo)：酒杯和杓子。

[13]泼火雨：旧俗寒食节禁火，其时所下的雨叫"泼火雨"，也叫"清明雨"，特指清明节当天所下的雨。

[14]霮䨴(dàn duì)：云密集的样子。

[15]边李：指边贡与李攀龙，见前诗人小传。

张 元

（五首）

张元(1671～1756)，字殿传，号榆村，山东淄川人，张笃庆从子。曾任鱼台县教谕。著有《绿筠轩诗》。

历下秋怀十首

（其四）

金舆突兀孤峰秀，蜡屐曾临最上头。翠覆单椒凌八极[1]，云垂大漠忆三周[2]。岱宗[3]南望连天起，济水[4]东蟠入海流。白鹿青龙[5]何处是，不堪萧瑟眺神州。

【注释】

[1]八极：八方极远之地。

[2]三周：指齐顷公三周华不注事。

[3]岱宗：指泰山，在济南之南。

[4]济水：古代四渎之一，流经河南、山东两省入海。

[5]白鹿青龙：见唐李白《古风》："借予一白鹿，自挟两青龙。"

小山诗为朱素存赋

历城饶名泉，拳石不易构。何来郁嵯峨[1]，堕此古桐右。岂是华鹊峰，骈枝露奇秀。嵚崟矗崚嶒[2]，白云时逗漏[3]。森寒石气青，斑驳苔花绣。苍然露岈岭，窅焉藏岩窦。覆以绿玉枝，下浸平池甃[4]。直与雪浪争，肯共菱溪斗。排奡劚[5]云根，奇诡穿烟岫。主人题句工，诗与石俱瘦。我来索继作，取醉懵腾后。矫首倚巉岩，冰雪侵肌透。率然擘蛮笺[6]，坌涌[7]酒气凑。掷笔归去来，蟾光[8]满襟袖。

【注释】

[1]嵯峨：山势高峻貌。

[2]嵚崟(qīn yín)：形容山势高大险峻。崚嶒(léng céng)：高耸突兀。

[3]逗漏：透露，泄漏。

[4]甃(zhòu)：以砖瓦砌的井壁。

[5]排奡(ào)：矫健，形容文笔刚劲有力。劚(zhú)：挖。

[6]蛮笺：即蜀笺，唐时指四川地区所造彩色花纸。

[7]坌(bèn)涌：涌出，涌现。

[8]蟾光：即月光。

赋得月倚华山树[1]

我昔登华山，耽奇不觉暝。长啸倚青林，明月来东岭。郁蒨泄素辉，穿漏堕疏影。盘纡[2]错上下，历落[3]荫清炯。单椒插霄汉，万仞接天冷。身落层岩间，并入空明[4]境。举手探碧落[5]，荡胸光千顷。抗怀[6]谢尘埃，泠然心自领。

【注释】

[1]赋得：凡摘取古人成句为题之诗，题首多冠以"赋得"二字。"风沦历城水，月倚华山树"，相传是北齐时历城参军尹孝逸《题历城房家园》中的诗句，时人比于谢灵运的"池塘生春草，园柳变鸣禽"。详见唐段成式《酉阳杂俎》。

[2]盘纡：回绕曲折。

[3]历落：疏落参差貌。

[4]空明：空旷澄澈。

[5]碧落：道教语，天空，青天。唐白居易《长恨歌》："上穷碧落下黄泉。"

[6]抗怀：坚守高尚的情怀。

华不注歌

君不见，华不注，一峰秀绝绝依附。矹硉[1]直上矗高空，青冥[2]撑破单椒露。我时骑气[3]叩天关，举手上抵银河湾。初从下界望上界，云中飘缈如点黛。忽凭虚而御风，遂高举而无碍。此身渺不复知在何许，但觉当胸弥漫流沆瀣[4]。信知此境非人境，流云空翠沾衣冷。呼吸恍接阆风巅[5]，咫尺坐见扶桑[6]影。天风飒然来，吹散白云堆。疑有古仙人，鸾鹤纷徘徊。我闻李青莲，曾此相追陪。此事经千载，或复下九垓[7]。回合灏气空演漾[8]，白鹿青龙安在哉！缘此徙倚不能去，袖拂冥蒙踏烟雾。华峰十丈莲，少室三花树。我昔梦见之，于此倘一遇。须臾灭没日衔山，忆昔何人战此间。腾腾战鼓殷岩谷，取水更衣如转环[9]。一笑寻常事，三周直等闲。千秋遗镞埋荒草，芙蓉绿秀还如扫。俯仰此陈迹，翻令伤怀抱。伤怀抱，胡为尔？古今恩怨皆如此。何如矫首排天阊[10]，振衣万仞俯茫洋。即看兔魄[11]涌沧海，笑倚孤峰弄月光。

【注释】

[1]矹硉(wù lù)：山石突出貌。

[2]青冥：形容青苍幽远，指青天。

[3]骑气：谓乘云气飞行。宋张耒《吴大夫墓志铭》："殆古所谓得道逍遥，御风骑气之人欤？"

[4]沆瀣(hàng xiè)：夜间的水气，露水。旧谓仙人所饮。《楚辞·远游》："餐六气而饮沆瀣兮，漱正阳而含朝霞。"

[5]阆风巅：山名。传说中神仙居住的地方，在昆仑之巅。《海内十洲记·昆仑》："山三角：其一角正北，干辰之辉，名曰阆风巅。"

[6]扶桑：神话中的树名，传说日出于扶桑之下。

[7]九垓：亦作"九阂""九陔"，即九层，指天。《文选·司马相如〈封禅文〉》："上畅九垓，下溯八埏。"李善注："垓，重也……言其德上达于九重之天。"

[8]灏气：弥漫在天地间之气。演漾：飘摇貌。

[9]以上四句讲齐晋鞌之战事。

[10]天阊(chāng)：天上的门。

[11]兔魄：月亮的别称。

华不注道中怀边华泉先生[1]

历下称诗宿，尚书沈杜俦[2]。敦盘分北地[3]，宗派启东州[4]。墓道风烟断，华泉芦荻秋。遗文传海岱，永赖砥横流。

【注释】

[1]题下原注："华泉在华不注下，先生墓直其南数里。"边华泉，即边贡，见前诗人小传。

[2]这两句是称赞边贡的诗歌成就。尚书，边贡曾官户部尚书。沈杜，疑指沈约与杜甫。

[3]这句是讲边贡的为官生涯。敦盘，指玉敦和珠盘，古代天子或诸侯盟会所用的礼器。敦以盛食，盘以盛血，皆用木制，珠玉为饰。见《周礼·天官·玉府》。

[4]这句是讲边贡的文学影响。边贡为明代"前七子"之一，力主复古，在明代诗坛上有一定的影响。

傅仲辰

（三首）

傅仲辰(1674～?)字苍野，又字心孺，浙江山阴人。曾任山东主簿。著有《心孺诗选》。

过华不注山庄留赠主人

孤峰怪石望嵯峨[1]，中有山翁独啸歌[2]。林树不遮云阁迥，郊畴[3]更爱水田多。奇书盈架从人贷，腊酒经年待客过。潇洒幽居堪送老，卜邻[4]他日傍烟萝。

【注释】

[1]嵯峨：山高峻貌。

[2]啸歌：长啸歌吟。

[3]畴(chóu)：田地。

[4]卜邻：表示愿为邻居。宋王安石《送陈谔》诗："乡闾孝友莫如子，我愿卜邻非一日。"

登华不注山

携筇[1]穿怪石，齿齿[2]积如龈。路转山情易，崖高云气熏。樵声幽谷答，人语半天闻[3]。济胜虽无具，登临颇自欣[4]。

【注释】

[1]筇(qióng)：古书上说的一种竹子，可做手杖。此处代指手杖。

[2]齿齿：排列如齿状。唐韩愈《柳州罗池庙碑》："桂树团团兮白石齿齿。"

[3]这两句是说，山中幽静，可以听到樵声在山谷中的回响，和半空中传来的说话声。

[4]这两句的意思是说，虽然没有一副登山涉水游览胜境的好身板，但能够登临华不注山，自己也颇为高兴。南朝宋刘义庆《世说新语·栖逸》："许掾好游山水，而体便登陟，时人云，许非徒有胜情，实有济胜之具。"

晓登华不注山

孤峰晨气凉，昨宵风雨聚。飞瀑响雷硠[1]，虚岩充宿雾。乘闲一壮观，颇饶济胜具[2]。褰衣缓缓登，曲折蚁缘路。峭壁石嵯峨，骨立鲜泥傅[3]。或如狮象蹲，或如牛羊赴。怪状殊狰狞，奋迅似含怒。罅窦[4]灵气潜，向荣[5]仙药布。时或鸣幽禽，寻声不知处。时或吐晴云，一缕无心度。贾勇巑岏[6]中，芒鞋鲜安步。双跖压人头，面壁惊回觑。直上扪青霄，下瞰仾飞鹜。隐见万象呈，川原在指顾。卓立绝钩连，群峰遥拥护。鹊山亦并尊，相望不相忤。俯仰怀抱开，浩气如有助。精蓝[7]绝顶悬，铃铎宣《韶》《護》[8]。无地拂尘埃[9]，解脱从此悟。小憩龙象[10]傍，烹茗啜甘露。何处得嫩残，炉头煨半芋。罣然[11]怀古人，忼慨搜掌故。娓娓老僧谈，丑父如可遇。仿佛齐晋师，犹绕华不注[12]。

【注释】

[1]雷硠(láng):山崩声,形容声音的巨大。

[2]济胜具:见前一首注释[4]。

[3]这两句是说华不注山多石少土。傅:附着。

[4]罅(xià)窦:缝隙,孔洞。

[5]向荣:植物滋长茂盛。晋陶潜《归去来兮辞》:"木欣欣以向荣,泉涓涓而始流。"

[6]贾勇:见董文骥《华不注》诗注释[1]。巑岏(cuán wán):高峻的山峰。

[7]精蓝:佛寺,僧舍。精:精舍。蓝:阿兰若。

[8]《韶》《頀》(sháo hù):汤乐名,后亦指庙堂、宫廷之乐,或泛指雅正的古乐。

[9]拂尘埃:用弘忍与慧能作偈事,详见《坛经》。

[10]龙象:指罗汉像。

[11]睪然:高远貌。睪,通"皋"。

[12]末四句是说寺中老僧谈起当年齐晋鞌之战的事情,栩栩如生。

吴 庄

(一首)

吴庄(1679~1750),字友篁,号半园,自署武山籍,江苏吴县人。乾隆初重修《苏州府志》,吴庄独任采访。著有《半园诗文遗稿》。

华不注

秀削晴空似卓锥[1],芙蓉出地翠跗支。山头有石势皆立,万古不开华自奇。晋马三周凭士怒,齐人一笑致邦危[2]。只今旷野无争战,未觉当前是险巇[3]。

【注释】

[1]卓锥:即立锥。极言华不注山的峭拔。

[2]这两句是讲齐晋鞌之战的起因和经过。详见《左传·成公二年》。

[3]险巇(xī):崎岖险恶。南朝梁刘孝标《广绝交论》:"世路险巇,一至于此。"

李予望

(一首)

李予望(1681~1733),字岵瞻,号怡村,自号宫岩主人,直隶蔚州(今河北蔚县)人。康熙五十年(1711 年)举人。著有《宫岩诗集》。

华不注

泰岳峙东方，险峭压地轴[1]。众山不敢仰，背脊如猬缩。齐州莽千里，兹山才一簇。孤峰刺青天，峻拔森可束。梁父与徂徕[2]，支派迥不属。遥瞰虎牙形，秀发诚所独。粲粲玉芙蓉，烟霄点黛绿。或疑莲花峰，飞来坠平陆。礫立俯华泉，图画俨屏幅。光彩照人寰，恨未陟山麓。怅望古仙人，无心问战逐。但愿携青莲[3]，相从借白鹿[4]。

【注释】

[1]地轴：泛指大地。

[2]梁父：泰山下的一座小山，在今山东新泰西。古代皇帝常在此山祭奠山川。徂徕：即徂徕山，在山东泰安东南。

[3]青莲：指李白，号青莲居士。

[4]借白鹿：见李白《古风》诗注释[4]。

李重华

（一首）

李重华(1682～1755)，字实君，号玉洲，江苏吴江人。曾任翰林院编修。著有《贞一斋集》。

华不注

灵峰秀出青芙蕖，云气半空时郁纡[1]。泰山根尽露芽茁[2]，少海[3]润侵舒萼跗。缘梯欲上怕炎日，觅寺久息疑清都[4]。华泉龙拔向何处，苦旱得翻霖雨无。

【注释】

[1]郁纡：形容烟气浓郁缭绕。唐杜甫《天池》诗："郁纡腾秀气，萧瑟浸寒空。"

[2]这句是说，华不注山如同泰山根脉上长出的新芽。

[3]少海：指渤海，也称幼海。《山海经·东山经》："南望幼海。"晋郭璞注："即少海也。"

[4]清都：神话传说中天帝居住的宫阙。

高凤翰

（一首）

高凤翰（1683～1749），字南阜，又字西园，号南村，又称南阜山人，晚号归云老人，山东胶州人，清代画家、书法家。曾任安徽绩溪知县。著有《南阜山人诗集类稿》。

赋得月倚华山树[1]

月妙无定形，常以物爲质。因缘成媸妍[2]，异境开幽逸。矗矗华不注，万木清如栉[3]。得月当独佳，葱蒨而崒嵂[4]。居然宝塔光，璎珞缀金粟[5]。接叶耀繁星，垂林舒素匹。琅玕[6]如细毛，琐碎湿冰窟。空寒碧落低，万象皆自失。岂有古仙人，独骑白鹿出。何当谢尘鞅[7]，拂袖追高轶。

【注释】

[1]参见前张元《赋得月倚华山树》诗注释[1]。

[2]媸妍（chī yán）：媸指丑陋，妍指美丽。

[3]栉（zhì）：梳子和篦子的总称。

[4]葱蒨（qiàn）：草木青翠茂盛貌。崒嵂（zú lǜ）：高峻貌。

[5]璎珞（yīng luò）：古代印度佛像颈间的一种装饰，由世间众宝所成。金粟：金粟如来的省称。

[6]琅玕（láng gān）：中国神话传说中的仙树。

[7]尘鞅（yāng）：世俗事务的束缚。鞅，套在马颈上的皮带。

张 庚

（一首）

张庚（1685～1760），字浦山，一字公之干，自号瓜田逸史，又号弥伽居士、白苎村桑者，浙江秀水（今浙江嘉兴）人。清代画家。雍正十三年（1735年）应博学鸿词试。著有《强恕斋诗钞》。

游华不注

平原秀单椒，刺空点苍黛。石气[1]豁孤清，林光森虚暧。湛[2]挹华泉甘，危扳翠崖闿[3]。澄日云霏流，睦耳鸟声在。笃静更超摇[4]，怀幽愈津逮[5]。机默趣斯微，灵超契无昧。向殷吊古情，兹与冲襟[6]会。翛然[7]弄月还，得意琴樽[8]对。

【注释】

[1]石气：环绕山石的雾气。

[2]湛(zhàn)：清澈。

[3]闿(kǎi)：《说文》："闿，开也。"引申为开阔、明朗。

[4]超摇：遥远、高远貌。

[5]津逮：由津渡而到达。

[6]冲襟：旷淡的胸怀。

[7]翛(xiāo)然：超脱，无拘无束貌。

[8]琴樽：琴与酒樽为文士悠闲生活的用具，指文士的生活。

朱定元

（二首）

朱定元(1687～1770)，字象干，号奎山，贵州黄平人。曾任山东巡抚。著有《静宁堂诗集》。

望华不注山

秀峰兀峙显雄豪，不借丘陵体自高。翠泼青压同点黛[1]，应邀圣主御书褒[2]。

【注释】

[1]前面两句系化用郦道元《水经注·济水》中的原文而成，见前王象春《华不注》诗注释[2]。

[2]句后原注："圣祖南巡有句云'试看瘦削孤峰色，独立亭亭秀作堆'。"所引诗句见前爱新觉罗·玄烨《登济南城望华不注》。

登华不注山

灵岫标天汉[1]，攀跻不惮劳。风回双阙迥，云拥一峰高。千载忠魂烈[2]，三周胆气豪[3]。登临吊往事，勋业纪东皋[4]。

【注释】

[1]天汉：即天河。

[2]句下原注："逄丑父与公易位，公如华泉得脱。"

[3]句下原注："晋郤克逐齐侯，三周华不注。"

[4]东皋：水边向阳高地，也泛指田园、原野。

顾我锜

（一首）

顾我锜(1688～1733)，字湘南，号帆川，江苏震泽人。雍正九年(1731年)以诸生与修《江南通志》。著有《浣松轩诗集》。

华不注

群山奔走向琅琊[1]，绿玉芙蓉独吐葩。应识横流沧海[2]外，高人孤立啸烟霞[3]。

【注释】

[1]琅琊：亦作"琅邪"，山东东南部的古地名。春秋时齐有琅邪邑，秦时置县。

[2]横流沧海：海水四处奔流，比喻政治混乱，社会动荡。语出《晋书·王尼传》："沧海横流，处处不安也。"

[3]诗后原注："城南历山，南属泰岱，东走淄青，绵亘不绝。"

张希杰

（四首）

张希杰(1689～?)，字汉张，号东山，别号练塘，原籍浙江萧山，寄籍山东历城。诸生。著有《铸雪斋集》。

赋得绿翠如芙蓉[1]

（三首）

丹崖百尺耸齐城，宛若芙蓉斧劚[2]成。翠色连翩[3]环鹫岭，孤峰峻拔俯华清[4]。岱宗风雨通来往，海市楼台任送迎。不是青莲能赋物，华峰倒影孰移情[5]。

疑是仙人萼绿华[6]，凌空倒影落云霞。湖光净浴芙蓉面，柳色妆成粟玉花。十丈莲峰移翠黛，满湖绿玉浸龙牙。赤松已往青莲老，谁驾双龙白鹿车[7]？

青莲原是谪仙才，得上齐城翠嶂开。湖水日环孤屿[8]晓，青天欲破碧云来。浮岚[9]画出凌波影，螺髻妆成潋滟堆。九点齐烟[10]当退步，芙蓉端底绝尘埃。

【注释】

[1]赋得：见前张元《赋得月倚华山树》注释[1]。绿翠如芙蓉：唐李白《古风》

中诗句。

[2]劚：见前田雯《华不注》诗注释[13]。

[3]连翩：连续不断。

[4]华清：犹太清，指太空。明陈所闻《念奴娇序·云住阁为欧阳平林青林长林题》套曲："蓦地云开，皎然月出，恍疑骑鹤上华清。"

[5]移情：变易情志。

[6]萼绿华：传说中的女仙名。唐李商隐《重过圣女祠》诗："萼绿华来无定所，杜兰香去未移时。"

[7]此句化自唐李白《古风》诗。李白《古风》诗："萧飒古仙人，了知是赤松。借予一白鹿，自挟两青龙。含笑凌倒景，欣然愿相从。"

[8]孤屿：孤立的岛屿。南朝宋谢灵运《登江中孤屿》诗："乱流趋正绝，孤屿媚中川。"

[9]浮岚：飘动的山林雾气。

[10]九点齐烟：即齐烟九点，指自千佛山"齐烟九点"坊处北望所见到的卧牛山、华山、鹊山、标山、凤凰山、北马鞍山、粟山、匡山、药山九座孤立的山头。唐李贺《梦天》诗"遥望齐州九点烟"，齐烟九点即由此诗句演化而来。

赋得绿翠如芙蓉[1]

突兀华不注，绿房[2]翠蒂如。孤停刺天表，绮丽拥云居。仙子凌风至，美人曳翠舒。广长青舌[3]化，灵躅碧云书。十丈分华顶，三山漾绿渠。还疑张翠盖，直欲驾銮舆。社结名山约，人荣幕府殊。青莲故老去，长啸独踌躇。

【注释】

[1]题后原注："得'如'字，限五排八韵。"

[2]绿房：指花苞。花未开时，花苞为绿色，故称。

[3]广长青舌：指佛的舌头，据说佛舌广而长，能覆面至发际，故名广长舌。后用以喻能言善辩。《大智度论》卷八："若人舌能覆鼻，言无虚妄，何况乃至发际？我心信佛必不妄语。"加"青"字，以与下句的"碧"字对仗。

郑方坤

（一首）

郑方坤（1693～?），字则厚，号荔乡，福建晋安人。曾任兖州知府。著有《蔗尾诗集》。

望华不注

流泉绕舍树横坳，一朵青秾涌近郊。色借佛头差可识，名从仙掌讵为剿[1]。盱衡[2]故垒鞌之战，竞秀他山鹊有巢[3]。帽影鞭丝致遥瞩，寄声猿鹤漫相嘲。

【注释】

[1]句下原注："与西岳并称'华山'，故云。"仙掌：西岳华山有仙人掌峰。剿(chāo)：抄袭套用别人的文章或言论。

[2]盱(xū)衡：扬眉举目，观察、纵观。

[3]句下原注："对峙者为鹊山。"

严遂成

（一首）

严遂成(1694～?)，字崧瞻，号海珊，浙江乌程(今浙江湖州)人。曾任山西临县知县、直隶阜城知县、云南嵩明知州。著有《海珊诗钞》。

望华不注

单椒何秀泽，俯揖如文人。桀起虎牙怒，刺天青入云。变化一不测，昏晓阴阳分[1]。济水渺无际，四围烟光熏。离群山作势，缥缈云中君。昔者鞌之战，三周逐齐军。土人[2]记失实，谓之金舆云。

【注释】

[1]昏晓阴阳分：唐杜甫《望岳》诗："阴阳割昏晓。"

[2]土人：世居本地的人。

桑调元

（一首）

桑调元(1695～1771)，字伊佐，号弢甫，自号五岳诗人，浙江钱塘(今浙江杭州)人。曾任工部屯田司主事。著有《弢甫诗集》。

九日荻林[1]招予及诸子登华不注

寰中揽胜随所遇，佳辰登陟不可孤。贤主招携涌高兴，竹林兰谱[2]联吾徒。眼明先见华不注，单椒矗秀名非虚。华阳宫中一小憩，飞身把杖凌崎岖。崭崭[3]紫石划破碎，千瓣攒一金芙蕖。当时演漾围小海，芳茎倒插元黄[4]初。尘沙蓬勃陵谷变，鹊山西没澄泫湖。细麦纵横绣塍[5]列，村农勤动千鸦锄。东头华泉涀一勺，小清河水环威纡[6]。参差槐柳青扶疏，枰枰露甲繁秋蔬。齐山横亘翠簇簇，落日照耀南屏舒。岩腰祠奉老仙伯，素云绕座颜清腴。一童手捧九还诀，一童药贮黄葫芦。长生久视亦底用，贤圣委顺由鸿炉[7]。我生激昂意气粗，万事只等浮云徂。昨年登高俯入境，砰訇[8]滩石惊涛输。朅来[9]北平苦往复，涕酾旧好潜黄垆[10]。盘山碣石登未得，一身催落齐川隅。去住饮啄[11]本前定，涤荡情志抛挛拘[12]。煜然名德仰一老，嗟子晏景临桑榆。朝阳乘时上杲杲[13]，图不朽事于蘧庐。不见闵子逢丑父，万古忠孝宁翳如[14]。痴人欲占爽鸠乐，牛山涕泪[15]淋衣裾。自遣浮埄扬富贵，推迁幻化归空无。僧房黄菊放烂漫，鲜明掩映红茱萸。今年此会喜健在，烂醉径倒玻璨壶。明日之日弗早计，讵须当境三踟蹰。

【注释】

[1]荻林：即沈廷芳，见下小传。

[2]竹林：源自"竹林七贤"，陈寅恪认为"竹林"之词，源于西晋末年，佛教徒托天竺"竹林精舍"之名，加于七贤之上，成"竹林七贤"。兰谱：指旧俗结拜盟兄弟时互换的谱帖。科举时代，同时登科的也叫"同兰谱"。

[3]崭崭：高峻。

[4]元黄：即玄黄，指天地。玄为天色，黄为地色，玄黄指天地。

[5]塍(chéng)：田间的土埂。

[6]威纡：绵延曲折貌。

[7]鸿炉：比喻天地。汉贾谊《鹏鸟赋》："且夫天地为炉兮，造化为工；阴阳为炭兮，万物为铜。"

[8]砰訇(pēng hōng)：象声词，大水声。

[9]朅(qiè)来：犹言尔来或尔时以来。

[10]黄垆：犹黄泉。语出南朝宋刘义庆《世说新语·伤逝》："(王戎)乘轺车经黄公酒垆下过，顾谓后车客：'吾昔与稽叔夜、阮嗣宗共酣饮于此垆……自稽生夭、阮公亡以来，便为时所羁绁。今日视此虽近，邈若山河。'"后世因以"黄垆"作悼念亡友之词。

[11]饮啄：饮水啄食，引申为吃喝、生活。语出《庄子·养生主》："泽雉十步一啄，百步一饮，不蕲畜乎樊中。"

[12]挛(luán)拘：拘泥，拘束。

[13]杲杲(gǎo gǎo)：明亮貌。《诗经·卫风·伯兮》："其雨其雨，杲杲出日。"

[14]翳(yì)如：湮灭无闻。晋陶潜《和刘柴桑》诗："去去百年外，身名同翳如。"

[15]牛山涕泪：见前谢肇淛《九日同济南诸君登华不注四首》注释[16]。

沈　心

（一首）

沈心（1697～？），字房仲，号松皋，浙江仁和（今浙江杭州）人，沈廷芳兄。诸生。著有《孤石山房诗集》。

华不注

昔曾读《水经》，慕单椒秀泽。客情固多暇，携此双蜡屐。佛钵[1]涌莲花，翠发攒奇石。象纬[2]逼高空，心目涵净碧。牝虚闷灵气，疑有古仙宅。名泉无纤滓，倒窥云影白。野禽栖林薄，斜照落岸帻[3]。远想一慨然，丑父留旧迹。

【注释】

[1]佛钵：又称“佛钵盂”，指佛陀所持用之食钵。

[2]象纬：星象经纬，谓日月五星。唐杜甫《游龙门奉先寺》诗：“天阙象纬逼，云卧衣裳冷。”

[3]岸帻（zé）：推起头巾，露出前额。形容态度洒脱，或衣着简率不拘。

彭启丰

（一首）

彭启丰（1701～1784），字翰文，号芝庭，江苏长洲（今江苏苏州）人。曾入直南书房，任左副都御史、兵部尚书。著有《芝庭诗稿》。

望华不注

遥看秀色拔林垧[1]，点黛单椒入杳冥[2]。岞㟧[3]虎牙云际矗，鲜荣莲朵岱阴停。周围铁骑思前事，潆绕[4]华泉验《水经》。客里秋高近重九，清吟兴欲泛沧溟。

【注释】

[1]垧（shǎng）：旧时计算土地面积的单位。

[2]杳冥：指天空，高远之处。

[3]岞㟧（zuò è）：山深险貌。

[4]潆（yíng）绕：意指水流环绕。

沈廷芳

（三首）

沈廷芳（1702～1772），字畹叔，又字荻林，号椒园，浙江仁和（今浙江杭州）人。曾任翰林院编修、山东按察使。著有《隐拙斋集》。

登华不注历鹊山下

山行屡愆期[1]，昔昔[2]梦魂绕。蜡屐暑雨余，喜乘风日好。水田学僧衣[3]，灌木罥女茑[4]。靡靡度阡陌，历历踰村堡。黄台径倭陀，月阳寺幻眇。立马在平岗，摩笄[5]插云表。五里穿青丛，一陂入朗眺[6]。华阳旧有宫，绀宇[7]半颓倒。金牛亦有洞，藓磴尽窈窱[8]。其泉合济流，其涧隐古湫[9]。言寻观风亭，遗址仅可考[10]。不见逢闵祠，忠孝空日皎[11]。扶筇揽诸迹，贾勇脚不掉。荦确[12]乱石间，层层事幽讨[13]。昂首崖高悬，竦身路侧缭。那无济胜具[14]，振衣凌木杪。周视天四垂，万象何浩浩。须臾循大麓，平畴色青缥。唤渡河之濼[15]，截流一叶小。俄闻萧寺[16]钟，已窥高栝标。鹊山无峰峦，孤障正悄悄。到院茗瀹[17]泉，甘洌过清醥[18]。山僧导我前，杰阁谁缔造。凭阑望清河，纡盘同曲沼[19]。招摇及丽鹿，惜哉失故道。空留湖亭诗，吟讽伤怀抱[20]。赖存卢医坟，墓碣字了了[21]。丹灶剩虚名，荒墟啼怪鸟。未克升崇巅，斜阳照山皛。匆匆策归骑，新出月正皎。回首望两山，并峙矜夭矫。遥注莲菂[22]擎，卧展翠屏绕。单椒暨削壁，竞爽奚可少。会当烟雨际，凉秋坐昏晓。长年乐斯游，白云堪送老。大笑华朊[23]人，山林迹如扫[24]。

【注释】

[1]愆(qiān)期：失约，误期。《诗经・卫风・氓》："匪我愆期，子无良媒。"

[2]昔昔：昔，通"夕"，即夜夜。

[3]僧衣：僧人穿的衣服，即袈裟。

[4]罥(juàn)：缠绕。茑(niǎo)：寄生植物。《诗经・小雅・頍弁》："茑与女萝，施于松柏。"

[5]摩笄：春秋时，赵襄子姊为代王夫人，代王为襄子所杀，夫人摩笄自刺而死，代人名其地为摩笄山。详见《史记・赵世家》。摩，即磨。笄，一种簪子。

[6]句下原注："历水陂在山西。"

[7]绀(gàn)宇：即绀园，佛寺之别称。

[8]窈窱：同"窈窕"，深邃幽美。

[9]句下原注："华泉合大清河，名'回车'。"

[10]句下原注："亭在宫左，今废。"

[11]句下原注："崇正祠向祀逢丑父、闵子骞，后改华阳宫，祀四季之神。"

[12]荦(luò)确：怪石嶙峋貌。唐韩愈《山石》诗："山石荦确行径微，黄昏到寺蝙蝠飞。"

[13]幽讨：意谓寻幽探胜。幽，指草木茂密之处。讨，寻求，探求金丹之妙法。唐杜甫《赠李白》诗："李侯金闺彦，脱身事幽讨。"

[14]济胜具：见前傅仲辰《登华不注山》注释[4]。

[15]句下原注："大清河。"

[16]萧寺：唐李肇《唐国史补》："梁武帝造寺，令萧子云飞白大书'萧'字，至今一'萧'字存焉。"后因称佛寺为"萧寺"。

[17]瀹(yuè)：煮。

[18]清醥(piǎo)：清酒。

[19]曲沼：曲折迂回的池塘。

[20]句下原注："《山海经》首著鹊山，有招摇桂丽麂水，今不可考。有鹊山湖，已涸。亭亦废。僧寺名万善，亦非鹊山旧院矣。南丰、后山皆有诗。"

[21]句下原注："碣曰周卢医扁鹊之墓。"

[22]莲菂(dì)：亦作"莲的"，莲实。

[23]华朊(wǔ)：美衣丰食。

[24]句下原注："杜句。""山林迹如扫"为唐杜甫《赠李白》诗中原句。

经华不注山下

注水青莲入夏寒，亭亭玉立秀堪餐。朝来独在白云里，唤起尘人洗眼[1]看。

【注释】

[1]洗眼：犹拭目，谓仔细看。唐杜甫《赠王二十四侍御契四十韵》诗："洗眼看轻薄，虚怀任屈伸。"

九日偕弢甫、秦川、定初、世焘[1]登高华不注

戊辰秋与庚辰秋[2]，十有三载追曩游。九月九日风日好，发兴重眺邀朋俦。当年郤克逐北处，城隅遥睇华不浮。单椒秀泽《水经》著，古何扰攘今何幽。迂威[3]林壑到山麓，赤日照耀金光流。紫石荦确碧树矗，岩腰有庙红墙周。同人[4]翘首不敢上，诗翁直造高峰头。翁曾五岳纵双屐，踏此讵比昆仑邱。随方[5]胜地必历览，亦若宝气腾琳球[6]。华阳旧观一小憩，忠孝合祀钦前修[7]。茶瓜饷客颇不恶，揽结岚翠舒清眸。严施诗刻帖苔壁[8]，赵董名绩传寰洲[9]。

后之视今今视昔，阅人阅水奔飞遒。独有节概[10]不可灭，陵迁谷变名长留。九京[11]寂寞付千载，当前漫起牛山[12]愁。斜阳冉冉暮色至，马鞍插菊争吟讴。归来峦影尚独挹，心魂恍绕山之陬[13]。

【注释】

[1]弢甫：即桑调元，见前小传。秦川：即盛百二，字秦川，号柚堂，浙江秀水（今浙江嘉兴）人。曾官山东淄川知县，晚居齐鲁间，主讲山枣、藁城书院十数年。定初、世焘：不知何人。

[2]戊辰秋：即乾隆十三年（1748年）秋。庚辰：即乾隆二十五年（1760年）。

[3]迂威：迂回曲折。

[4]同人：志同道合的朋友。

[5]随方：不拘何方，任何方面。

[6]琳球：亦作“琳璆”，指美玉。

[7]该句是说华阳宫中有忠孝二祠，分别祭祀逄丑父和闵子骞。

[8]句下原注：“灏亭司马、愚山侍讲同游有句，刊石尚存。”严：指严沆。施：指施闰章。二人均见前诗人小传。

[9]句下原注：“吴兴、华亭俱有《鹊华秋色图》。”赵：指赵孟頫，浙江吴兴人。董：指董其昌，松江华亭人。二人俱为著名画家。缋（huì）：同“绘”。

[10]节概：志节气概。

[11]九京：犹九泉，指地下。

[12]牛山：山名，在今山东淄博，见前谢肇淛《九日同济南诸君登华不注四首》注释[16]。

[13]陬（zōu）：隅，角落。

张开东

（一首）

张开东（1702～1781），字宾阳，号白莼，湖北蒲圻（今湖北赤壁）人。曾任蕲水教谕。著有《白莼诗集》。

华不注

昔闻华不注，今始见离奇[1]。一柱当齐镇[2]，三周老晋师。泉飞珠洒落，石削玉参差[3]。自去华山后，亭亭[4]爱尔姿。

【注释】

[1]离奇：十分奇特，不同平常。

[2]镇:军事上重要的地方。

[3]参差(cēn cī):不齐貌。

[4]亭亭:高耸的样子。

赵青黎

（一首）

赵青黎(1706～1782),字然乙,号星阁,安徽泾县人。曾任翰林院编修、山东道监察御史。著有《漱芳居诗文钞》。

华不注歌[1]

登楼远望华不注,拔云千尺无寸土。清济挟流斫山根,独立苍茫费撑拄。耸绝梯磴削绝蹊,鸟飞抢地猿啸雨。谪仙不畏蜀道难,把笔摇岳招杜甫。太瘦生[2]与石棱棱,山鬼揶揄[3]狎虬虎[4]。华阳仙人卜云居,信美[5]且都非吾侣。呜乎九原不可作[6],崇正烟荒谁与语[7]。

【注释】

[1]题下原注:"时椒园约游未果。"椒园,指沈廷芳,见前小传。

[2]太瘦生:相传李白有《戏赠杜甫》:"借问别来太瘦生,总为从前作诗苦。"

[3]揶揄:嘲笑,戏弄。

[4]虬虎:喻指君臣或贤人。

[5]信美:东汉王粲《登楼赋》:"虽信美而非吾土兮,曾何足以少留!"

[6]九原不可作:喻死者不可再生。出于《国语·晋语八》。

[7]句下原注:"崇正祠今为道流所据。"

爱新觉罗·弘历

（一首）

爱新觉罗·弘历(1711～1799),清朝第六位皇帝,年号"乾隆",庙号"高宗"。

华不注

驻辇曾城[1]畅远眸,华不[2]翠注不曾流。何年金母[3]临蓬海,两朵天花[4]此处留。

【注释】

[1]曾城:高大的城阙。晋陶潜《游斜川》诗:"临长流,望曾城。"

[2]华不：下有原注："平声。"

[3]金母：古代神话传说中的女神，俗称"西王母"。

[4]天花：佛教语，天界仙花。

张启愚

（一首）

张启愚（1715～1797），字鲁思，号款翁，山东宁海（今山东乳山）人，张崧子。曾任四川大邑县知县、莒州学正。著有《遂初稿》。

过华不注作

葱峭孤峰矗道周[1]，干霄点翠几千秋。仙人两鹿青莲诧，戎马三环绿野羞。石气霏霏春色丽，岚光霭霭瑞烟浮。只疑湖上新荷发，菡萏[2]移来插远洲。

【注释】

[1]道周：路旁。《诗经·唐风·有杕之杜》："有杕之杜，生于道周。"

[2]菡萏（hàn dàn）：即荷花。

韦谦恒

（一首）

韦谦恒（1720～1805），字慎旃，号约轩，又号木翁，安徽芜湖人。曾任山东学政、贵州巡抚。著有《传经堂诗钞》。

九日登华不注

萧萧风物逼高秋，孤嶂陲巙[1]一纵眸。山气直应连泰岱，地形终古镇齐州。一声白雁寒云静，九日黄花[2]古寺幽。可惜谪仙人已去，虎牙千仞不同游。

【注释】

[1]陲巙（chuí wéi）：山峰高峻貌。

[2]九日：指农历九月九日重阳节。黄花：指菊花。

吴 镇

（一首）

吴镇（1721～1797），初名昌，字信辰，又字士安，号松崖，别号松花道人，甘肃临洮人。曾任山东陵县知县、湖南沅州知府。著有《松花庵集》。

华不注

送客齐门东，因登华不注。肩舆[1]避道尘，蜡屐[2]得仙路。兹山势孤骞[3]，怪石纷攒聚[4]。探奇惬壮游，济胜夸老具。一笑巾笄狂，三周跛眇怒[5]。宁知翠芙蓉，千载犹如故。白鹿逐青龙，赤松竟何处[6]？归来归去来，九点[7]烟光暮。

【注释】

[1]肩舆：轿子。

[2]蜡屐：涂蜡的木屐。

[3]孤骞(xiān)：超逸，与众不同。

[4]攒聚：聚焦，丛聚。

[5]这两句是说齐晋鞌之战的起因和经过。详见《左传·成公二年》。

[6]这两句是化用唐李白《古风》诗句。

[7]九点：华不注山为“齐烟九点”之一。见前谢肇淛《九日同济南诸君登华不注四首》注释[4]。

夏晓春

（一首）

夏晓春(1723～1779)，字南指，又作南芷，号鹤泉，江苏高邮人。曾任山东淄阳知县。著有《鹤泉编年诗》。

望鹊华二山

万古青如此，遥遥望鹊华。烟迷神女石，雨暗赤松家。峭壁盘龙脊，危峰立虎牙。尹邢[1]双献媚，评骘[2]未应差。

【注释】

[1]尹邢：汉武帝宠妃尹夫人与邢夫人。见前王士禛《归经鹊华二山间即目》注释[3]。

[2]评骘(zhì)：评定。

黄立世

（一首）

黄立世(1727～1786)，字卓峰，号柱山，山东即墨人。乾隆十九年(1754年)会副，曾任广东花县知县。著有《四中阁诗钞》。

黄冈望鹊华二山

卫水浸天野云黑，烈风削面无人色。平沙莽苍数百里，日闻老马蹄特特[1]。今朝平楚[2]望苍然，云风忽为开青天。明湖濯洗尘万斛，行人到此知山川。中唯鹊华秀可爱，烟岚灭没眩幻怪。有如西岳莲十丈，吐出两萼半天外。大清河接小清河，水从中流划疆界。又如玉镜悬汉宫，尹邢[3]各各竞眉黛。顾我浪迹天南隅，故人不见风光殊。济南名士久争散，十年冷落濯缨湖。双屐重惊到面图，如此溪山天下无。呜呼！如此溪山天下无，风尘雨雪胡为乎！

【注释】

[1]特特：象声词，马蹄声。唐温庭筠《常林欢歌》："马声特特荆门道，蛮水扬光色如草。"

[2]平楚：见前王士禛《秋日游华不注、明湖、趵突泉诸名胜，闲暇有赋，仍用"清波收潦日，华林鸣籁初"为韵十首》注释[2]。

[3]尹邢：见前王士禛《归经鹊华二山间即目》注释[3]。

王初桐

（一首）

王初桐（1729～1821），字耿仲，号竹所，上海嘉定人。诸生，赋性恬淡，擅填词。曾任齐河县丞，新城、淄川、平阴、寿光知县，宁海州同知。著有《海右集》《济南竹枝词》。

携大晋、大仪登华不注绝顶

单椒拔地起，刺天矗危翠。超然离群山，独立表秀意。戛戛石笋[1]抽，森森剑铓[2]利。清河襟带间，鹊山为邻比。俨如尹邢[3]俦，窥镜新钗珥[4]。城隅望烟鬟[5]，春风策游骑。双童肩榼[6]随，二子并辔至。各挟济胜具，健于擘风翅。初从华阳宫，仰视松髯[7]媚。半岭线路绝，乱石怪欲坠。盘坳往复回，屡误景弥异。筋力纵忘疲，险仄[8]时或悸。峰尖一席[9]地，小小金舆寺。斑驳紫苔阶，列坐不以次。倾壶互传杯，醉即跂脚[10]睡。云从舄[11]下生，鸿向天边戏。长风万里来，疑有仙人骥。倘遇浮邱公[12]，不则绮里季[13]。试求餐玉[14]诀，定得青囊[15]秘。胜入罗浮峰[16]，四百三十一。

【注释】

[1]戛戛（jiá jiá）：独特貌。石笋：挺直的大石，其状如笋，故名。

[2]森森:高耸貌。剑铓:亦作“剑芒”,剑锋。

[3]尹邢:见前王士禛《归经鹊华二山间即目》注释[3]。

[4]钗珥(ěr):钗为发饰,珥为耳饰。

[5]烟鬟:喻云雾缭绕的峰峦。宋苏轼《凌虚台》诗:“落日衔翠壁,暮云点烟鬟。”

[6]榼(kē):古代盛酒的器具。

[7]松髯:指松叶。因其针状如髯,故称。

[8]险仄:崎岖而狭窄。

[9]一席:一张坐卧之席,极言山顶之小。

[10]跂(qì)脚:跷起脚。

[11]舄(xì):鞋。

[12]浮邱公:古代中国神话传说中的仙人。

[13]不则:同“否则”。绮里季:汉初“商山四皓”之一,详见《史记·留侯世家》。

[14]餐玉:服食玉屑,古代传说仙家以此延寿。

[15]青囊:古代术数家盛书和卜具之囊。

[16]罗浮峰:广东名山。晋葛洪曾在此山修道,道教称为“第七洞天”,素有百粤群山之祖、蓬莱仙境之称。

胡季堂

（二首）

胡季堂(1729～1800),字升夫,号云坡,河南光山人。曾任山东巡抚、兵部尚书、直隶总督。著有《培荫轩诗集》。

望华不注

济南城北路迢迢,危石孤峰势正骄。拔地独尊雄气象,仰天特立秀丰标[1]。由来点染烟霞丽,终古沾濡[2]雨露饶。直欲振衣[3]凌绝顶,荡胸东望海门潮。

【注释】

[1]丰标:风度,仪态。宋陈亮《祭王天若父母文》:“虽不睹其丰标,而审其平生,敬其吉德。”

[2]沾濡(rú):浸湿,多指恩泽普及。

[3]振衣:抖衣去尘,整衣。《楚辞·渔父》:“新沐者必弹冠,新浴者必振衣。”

望华跗注

秦中太华[1]远迢迢,跗注分雄早见骄。不借群峦结众嶂,自然独立表孤标[2]。鹊山低处飞形伏，济水潜来润物饶。看尔仍前身渐老，那堪回首说江潮[3]。

【注释】

[1]秦中：指今陕西中部平原地区。太华：即西岳华山，在陕西华阴南，因其西有少华山，故称太华。

[2]孤标：指山、树等特出的顶端。

[3]句下原注："余甲午年在上海看黄浦江潮，至今庚戌，已十七年矣。"

毕　沅

（一首）

毕沅(1730～1797)，字纕蘅，又字秋帆，自号灵岩山人，江苏镇洋(今江苏太仓)人。曾任翰林院编修、河南巡抚、湖广总督等职。著有《灵岩山人诗集》。

华不注

虎牙杰立势硪硪[1]，迩瞩遐瞻[2]无不可。亭亭秀拔如芙蓉，天半青苍呈一朵。时当冬仲霜霰凝，木叶尽脱石气清。冷泉潏潏[3]风飒飒，草枯径僻稀人行。云联海岱望无尽，万点归鸦横布阵。因忆齐师败绩时，曳兵弃甲逃强晋。凭高吊古久低徊[4]，谪仙去后我重来。茫茫往事无从问，落日寒烟满绿苔。

【注释】

[1]硪硪(è wò)：高大貌。

[2]迩：近。遐：远。

[3]潏潏(jué jué)：水涌出貌。

[4]低徊：徘徊，流连。

张　埙

（一首）

张埙(1731～1789)，字商言，号瘦铜，江苏吴县(今江苏苏州)人。曾任内阁中书、四库馆编校。著有《竹叶庵文集》。

鹊华山

一桁[1]清光莲子湖，单椒秀泽不嫌孤。王孙去后风流尽，谁写齐州秋色图[2]？

【注释】

[1]一桁(héng):犹言一挂。桁:梁上或门框、窗框上的横木,引申泛指横木。

[2]句下原注:"赵文敏有《鹊华秋色图》。"赵文敏,即赵孟頫,谥"文敏"。

毛大瀛

(二首)

毛大瀛(1735~1800),原名思正,字又苌,号海客,江苏宝山(今上海)人。曾任四川简州知州。著有《戏鸥居诗钞》。

登华不注绝顶放歌

巨灵[1]手擘莲花峰,一朵秀出青芙蓉。虎牙刺天绝依附,倒影欲散烟蒙蒙。羊肠诘曲[2]没幽径,虚谷生寒阴蟼瞑。一片天风吹我来,扪萝欲上排岩磴。奋予袖兮蜡屐游,聊登陟兮开心眸。过行父[3]之旧垒,酌华泉之清流。侧身四望一长啸,但见历山泺水缥缈环齐州。吁嗟乎!三周旧事渺千载,涧草旋螺犹不改[4]。古今恩怨一笑空,顿洗尘襟入烟霭。飞仙岩畔聊徘徊,缕缕云气生山隈[5]。山灵招我上层巘,蛇行匍匐登崔嵬。凌虚驭气发遐想,独立危崖堪俯仰。海色遥收白纻衣,岳云低绕红藤杖。信知此境非人间,璇宫徙倚心悠然。煮白石[6]兮烹清泉,我欲结庐卧其上,时排阊阖呼神仙。赤松已去太白死,安得白鹿来山巅?呜呼!安得白鹿来山巅,骑之万里倏忽乘云烟?

【注释】

[1]巨灵:神话传说中劈开华山的河神。

[2]羊肠:喻指狭窄曲折的小路。诘曲:屈曲,屈折。

[3]行父:指季孙行父,见前王士禛《遥和严颢亭、施愚山秋日登华不注之作》诗注释[2]。

[4]华不注山西有"回车涧",据清乾隆《历城县志》:"涧在华山下,郤克逐齐侯处也。草俱连骞蔓生如旋螺,俗云兵车绕匝所致。"

[5]山隈(wēi):山的弯曲处。

[6]煮白石:旧传神仙、方士烧煮白石为粮,后因借为道家修炼的典实。

晏城[1]晓发见鹊华两山有作

烟中两点黛眉横,不奈匆匆促晓行。长忆济南桥上望,鹊华秋色最分明[2]。

【注释】

[1]晏城：今山东德州齐河晏城街道，春秋时为齐国所属，乃宰相晏婴之封地，因此得名。在黄河下游北岸，与济南相望。

[2]诗后原注："余客济南最久，每于鹊华桥望鹊华，如两点黛眉横也。"

崔振宗

（一首）

崔振宗(1736～?)，字光南，山东益都人，乾隆间贡生。著有《午树堂诗集》。

华不注

呜呼！怨毒于人甚矣哉！华不注山耸崔嵬，三周忽逐华泉隈。跛眇偻秃客可喜[1]，偃师[2]傀儡宁有此。千军暴骨战场死，妇人房中一笑耳。君不见，郭定襄[3]乃英雄流，妖姬美女贮琼楼，生平怕见卢新州[4]。

【注释】

[1]这句是讲搴之战的起因。《春秋穀梁传·成公元年》中有一段记载非常有趣："季孙行父秃，晋郤克眇，卫孙良父跛，曹公子手偻，同时而聘于齐。齐使秃者御秃者，使眇者御眇者，使跛者御跛者，使偻者御偻者。萧同侄子处台上而笑之，闻于客。客不说而去，相与立胥闾而语，移日不解。齐人有知之者，曰：'齐之患，必自此始矣。'"

[2]偃师：传说周穆王时的巧匠，所制木偶，能歌善舞，恍如活人。穆王与姬妾一同观赏，木偶对侍妾眉目传情，穆王大怒，欲杀偃师，经剖示木偶方罢。见《列子·汤问》。

[3]郭定襄：明代大将郭登，赠定襄侯。此处所用故事，乃郭子仪事。

[4]卢新州：唐朝奸相卢杞，因被贬新州司马，故称。《旧唐书·卢杞传》："时尚父子仪病，百官造问，皆不屏姬侍。及闻杞至，子仪悉令屏去，独隐几以待之。杞去，家人问其故，子仪曰：'杞形陋而心险，左右见之必笑。若此人得权，即吾族无类矣。'"

李怀民

（一首）

李怀民(1738～1793)，名宪噩，号石桐，山东高密人。诸生，高密诗派的创始人。著有《石桐诗抄》。

登华不注阁读吕仙诗

凭槛晓风急，客行悲早秋。日边海乡远，天末[1]岳云流。故垒不可见，仙踪何处求？无因却情累[2]，驱马但悠悠。

【注释】

[1]天末：天的尽头，指极远的地方。唐杜甫《天末怀李白》诗："凉风起天末，君子意如何？"

[2]情累：感情上的牵累。

王汝璧

（二首）

王汝璧（1741～1806），字镇之，晚号铜梁山人，四川铜梁人。曾任山东按察使、安徽巡抚。著有《铜梁山人诗集》。

望华不注和太白韵

（二首）

古黛凝碧笄[1]，单椒削奇峰。待拂珊瑚枝，揖此青芙蓉。大风[2]薄管晏，逸思凌乔松[3]。手攀触石[4]云，神逐行雨龙。岳莲[5]宁远而，韡韡[6]遥相从。

东来倏周月，尘目遮青峰。荡胸挹明湖，玉镜涵秋蓉。虚庭肃清画，郁郁柏与松。所欣贯索[7]静，得岁[8]占苍龙[9]。华泉堪濯缨，蜡屐行追从。

【注释】

[1]笄(jī)：古代中国女子用以盘头发或别住帽子的一种簪子。

[2]大风：指大国的风度、气派。《左传・襄公二十九年》："为之歌《齐》，曰：'美哉！泱泱乎大风也哉。'"

[3]乔松：古代传说中王子乔和赤松子的并称，两人均为传说中的仙人。

[4]触石：《春秋公羊传・僖公三十一年》："触石而出，肤寸而合，不崇朝而遍雨乎天下者，唯泰山尔。"后以"触石"谓山中云气与峰峦相碰击，吐出云来。

[5]岳莲：指西岳华山莲花峰。

[6]韡韡(wěi wěi)：光明华美貌。《诗经・小雅・常棣》："常棣之华，鄂不韡韡。"

[7]贯索：星座名，属天市垣，共九星。《晋书・天文志》："贯索九星在其前，贱

人之牢也。”喻牢狱。

[8]得岁：谓受到岁星的照临。古人以岁星为祥星，得岁者有福。

[9]苍龙：古代二十八宿中东方七宿的总称。

郝允秀

（一首）

郝允秀(1741～1811)，字水村，号寅亭，山东齐河人。曾任堂邑县教谕。著有《松露书屋诗集》。

出郭望华不注

出郭东南行，海日露林杪[1]。凌晨望远山，孤峰插天表。峭拔青芙蓉，一朵结晴晓。忆昔榴花时，振衣继飞鸟。企脚[2]回仙祠，努力穿丛筱[3]。天风五月寒，不敢恋幽窈[4]。松磴[5]归来迟，雨细云缭绕。此日怀旧游，丹椒[6]空皎皎。

【注释】

[1]林杪：树梢，林外。

[2]企脚：翘起脚。

[3]丛筱(xiǎo)：茂密的小竹林。

[4]幽窈：幽深。

[5]松磴：有松树的坂道。

[6]丹椒：疑为“单椒”之误，指华不注山。

马履泰

（三首）

马履泰(1746～1829)，字叔安，号秋药，浙江仁和(今浙江杭州)人。曾任太常寺卿。著有《秋药庵诗集》。

华不注

修纤[1]绝连陵，独立意自足。惟有华泉空，写此一簪绿。

【注释】

[1]修纤：细而长。

历下杂诗

（其五）

北渚亭高迥出尘，五峰各自露嶙峋[1]。就中绝爱华不注，绿秀芙蓉最写神[2]。

【注释】

[1]嶙峋：形容山峰、岩石、建筑物等突兀高耸。

[2]句下原注："太白《华山》诗：'兹山何峻拔，绿秀如芙蓉。'"

将去济南留别华不注

岱岳余波到尽头，忽然逋峭[1]结兹邱。天抛秀气成孤注，我纵心兵[2]已万周。两载相看真莫逆[3]，几番回首起深愁。此行怕被山灵笑，老傍人门最可羞。

【注释】

[1]逋峭(bū qiào)：本为屋柱曲折貌。引申指岱岳余波已尽，忽然又起波澜，形成华不注山。

[2]心兵：《吕氏春秋·荡兵》："在心而未发，兵也。"后以"心兵"喻心事。

[3]莫逆：《庄子·大宗师》："四人相视而笑，莫逆于心，遂相与为友。"后遂以谓彼此志同道合，交谊深厚。

黄景仁

（一首）

黄景仁(1749～1783)，字仲则，又字汉镛，号鹿菲子，江苏武进(今江苏常州)人。曾任武英殿书签官。著有《两当轩全集》。

华不注

卓地[1]青莲忽千仞，虎牙森立羊肠纡。更无山附始知峻，尚许客登何患孤。壮士三周解鞌战，谪仙[2]一去荒齐都。试从绝顶俯下界，便是匹练[3]丛花图。

【注释】

[1]卓地：直立于地。

[2]谪仙：指李白。

[3]匹练：白绢，常用以形容奔驰的白马、光气、瀑布、水面、云雾等。

铁　保

（一首）

铁保(1752～1824)，字冶亭，号梅庵，满洲正黄旗人，清代书法家。曾任山东巡抚、两江总督、《八旗通志》总裁。著有《惟清斋全集》。

望华不注山

危峰铁立势嶙峋，瘦削芙蓉济水滨。岳麓冈峦通地脉[1]，海天风雨变秋旻[2]。齐师战已迷陵谷，李白诗犹动鬼神[3]。搔首丹梯登有日，招邀多士蹑清尘。缥缈摩笄古雾蒙，虎牙千仞插高穹。文章有待搜罗[4]后，山水先归鉴赏中。七十泉多疏灏气[5]，六千卷合验雄风[6]。金鎞[7]刮处余青眼，拾级单椒瞰大东[8]。

【注释】

[1]地脉：指地的脉络，地势。

[2]秋旻(mín)：秋季的天空。

[3]句下原注："华不注山诗，首镌太白之作。"

[4]搜罗：访求罗致，搜集。

[5]灏(hào)气：弥漫在天地间之气。

[6]雄风：强劲的风。战国宋玉《风赋》："此所谓大王之雄风也。"

[7]金鎞(pī)：古代治眼病的工具。形如箭头，用来刮眼膜，据说可使盲者复明。

[8]大东：极东，东方较远之国。《诗经·鲁颂·閟宫》："奄有龟蒙，遂荒大东。"

周孝埙

（一首）

周孝埙(1763～1833)，字愚初，号逋梅，江苏吴县(今江苏苏州)人。曾任刑部主事。著有《还读庐诗钞》。

望华不注

万仞插苍昊[1]，凹凸难形容。其中出云气，缭绕青芙蓉。我来日卓午[2]，飒飒吹天风[3]。山灵若招手，白云不敢封。奇境悉呈露，决眦开心胸。阴厓铁花白，阳岭山花红。裂石迸古柏，乱藤盘老松。恨无济胜具[4]，蹑足凌空虚。侧身左右顾，长啸惊飞鸿。可望不可即，仿佛仙人宫。赞叹得未有，往事思萧同[5]。齐晋并灰灭，一笑徒兴戎[6]。

【注释】

[1]苍昊：苍天。

[2]卓午：正午。

[3]天风：风。风行天空，故称。汉蔡邕《饮马长城窟行》诗："枯桑知天风，海水知天寒。"

[4]济胜具：见前傅仲辰《登华不注山》注释[4]。

[5]萧同：指齐顷公的生母萧同叔子，因去偷看使者，引发鞌之战。事见《左传·宣公十七年》。

[6]兴戎：引起争端，发动战争。

阮　元

（一首）

阮元(1764～1849)，字伯元，号云台，江苏仪征人。曾任山东学政、湖广总督。著有《揅经室集》《小沧浪笔谈》。

过华不注山

两年山下记行踪，秀泽单椒[1]磴百重。南渡济流初起岳[2]，北离岱麓独成峰[3]。三周人与车声远，九月秋如画色浓。不是明湖开晓镜，鄂跗[4]谁照碧芙蓉。

【注释】

[1]单椒：孤峰。北魏郦道元《水经注》："(华不注山)单椒秀泽，不连丘陵以自高。"

[2]这句是说，向南渡过济水，华不注山是第一座山。

[3]这句是说，华不注山远离泰山北麓，独自成峰。

[4]鄂跗：亦作"跗萼"，指花萼与子房，亦借指花朵。《诗经·小雅·常棣》："常棣之华，鄂不韡韡。"

岳赓廷

（一首）

岳赓廷(1764～1842)，字载臣，号石村，山东荣成人。诸生。著有《燕来堂诗稿》。

游华不注

孤标绝依倚，突出凌平畴[1]。城东一舒目，矗矗[2]当晴秋。泰山自高大，兹峰转清遒[3]。如人能自立，何必公与侯。我来游其下，犹见清泉流。试为陟厥巅，眺瞩意悠悠。谪仙既已往，吕仙[4]不可求。聊骋一时兴，寻胜[5]还三周。

【注释】

[1]平畴：平坦的田野。晋陶潜《癸卯岁始春怀古田舍》诗："平畴交远风，良苗亦怀新。"

[2]矗矗：高峻貌。

[3]清遒：清新有力。

[4]吕仙：传说中的仙人吕洞宾。

[5]寻胜：游赏名胜。

冯云鹏

（一首）

冯云鹏(1765～1835)，字九扶，号晏海，江苏南通人。喜篆隶、金石，长于考据。著有《扫红亭吟稿》。

望华不注

历城东北烟岚[1]浮，华不注在岚上头。隐隐金舆供一盼，劳劳铁骑难三周。太白游齐曾寄托，绿翠芙蓉何峻削[2]。愿借仙人掌上云，好生擘破莲花萼[3]。

【注释】

[1]烟岚：山林间蒸腾的雾气。

[2]峻削：陡峭。

[3]诗后原注："华不注，一名金舆山，李太白诗'兹山何峻削，绿翠如芙蓉'。"

乐　钧

（一首）

乐钧(1766～1814)，字符淑，号莲裳，江西临川人。嘉庆六年(1801年)举人，未仕。著有《青芝山馆诗集》。

泺源书院苇荡望华不注

岱宗多儿孙，最小华不注。一朵青芙蓉，欲看不知处。苇荡偶沿缘，奇峰插烟雾。拔地鳌足[1]撑，刺天虎牙[2]吐。既舒出尘[3]眼，愿纵笭云[4]步。上追太白踪，远续遗山[5]句。往者晋甲强，齐师走无路。戏笑生戈矛[6]，山灵岂无怒。终然卫社稷，屹立遮戎辂[7]。三周敌气衰，一柱神功著。华泉得取饮，纪献因行赂[8]。山孤势则雄，亦足资险固。倒影隔湖波，流云过海树。峰尖明夕阳，鸦色[9]翻城暮。

【注释】

[1]鳌足:传说中女娲断鳌足以立四极,此以鳌足指天柱。

[2]虎牙:喻指尖锐的山峰。北魏郦道元《水经注》:"(华不注山)单椒秀泽,不连丘陵以自高;虎牙桀立,孤峰特拔以刺天。青崖翠发,望同点黛。"

[3]出尘:超出世俗。

[4]槷(niè)云:腾云,踏云。槷,通"蹑"。

[5]遗山:指元好问,号遗山。见前小传。

[6]此句是说鞌之战是由萧同叔子嘲笑晋国使者郤克而引发的。

[7]戎辂:兵车。

[8]行赂:指齐国战败之后,"齐侯使宾媚人赂以纪甗、玉磬与地",齐晋妥协媾和之事。事见《左传·成公二年》。

[9]鸦色:鸦青色,暗青色。

崔 旭

（一首）

崔旭(1767～1846),字晓林,号念堂,山东庆云人。曾任山西蒲县知县。著有《念堂诗草》。

晓游华不注

露气晨光[1]里,秋空展画屏。宿云[2]依麓白,危石到巅青。野色低全见,河流细尚听。华泉何日竭?我欲问山灵[3]。

【注释】

[1]晨光:曙光,阳光。

[2]宿云:夜晚的云气。

[3]诗后原注:"华泉今竭。"

朱 畹

（四首）

朱畹(1768～1849),原名宁,字敉(mǐ)人,号虚谷山人,山东历城人。诸生。著有《红蕉馆诗钞》《红蕉馆诗钞续》《红蕉馆诗钞二续》。

雨后城北望鹊华二山，同商鼎元晓涵兄弟

邢尹风流[1]斗画蛾，双峰霁色碧于萝。菜花不向雨中尽，春水初生城外多。两点芙蓉蘸明镜，几株杨柳拥青螺[2]。同来况是游优[3]侣，共买村醪[4]且放歌。

【注释】

[1]邢尹风流：见前王士禛《归经鹊华二山间即目》注释[3]。

[2]青螺：喻青山。唐刘禹锡《望洞庭》诗："遥望洞庭山水翠，白银盘里一青螺。"

[3]游优：即优游。

[4]村醪(láo)：村酒，浊酒。

雪后看华不注，寄毓杏楼芳田、梦飞爰堂兄弟及宛平查金相

山骨[1]矗重重，苍茫万壑松。乍惊青镂管[2]，幻作玉芙蓉。天霁孤云迥，烟寒独鸟冲。何当凌绝顶，同听隔林钟。

【注释】

[1]山骨：山中岩石。

[2]青镂管：青色玉雕的笔管，借指用这种笔管做成的毛笔。这里指华不注山。

登华不注访虚空上人

城北闲游惯，芒鞋[1]历几层。却寻悬瀑涧，来访看云僧。坐石久相对，听经忆昔曾。禅堂[2]春正暖，不怯冷于冰。

【注释】

[1]芒鞋：用芒茎外皮编织成的鞋，亦泛指草鞋。

[2]禅堂：犹禅房、僧堂，佛教徒打坐习静之所。

雨后鹊华桥[1]望华不注

单椒何秀拔，桥上雨初晴。照水花窥镜，迎人翠入城。遥钟闻隐约，危磴[2]认分明。自念虽衰老，还堪杖策[3]行。

【注释】

[1]鹊华桥：原位于大明湖南门东侧，百花洲北侧，为东西向单孔石拱桥，桥下

通连大明湖与百花洲。始建于宋代，曾称百花桥，又名白雪桥，元代改称鹊华桥，因游人站在桥顶可见济南北郊的鹊山、华山而得名。明清以来多次重建，现已拆除。

[2]危磴：高峻的石级山径。

[3]杖策：拄杖。

蒋因培

（一首）

蒋因培（1768～1838），字伯生，江苏常熟人。曾任山东滕县、汶上、金乡知县。著有《乌目山房诗存》。

雪后望华不注

积雪明孤注，浮岚[1]散夕曛[2]。光摇湖水合，秀远鹊山分。鸟影飞难辨，钟声冻不闻。振衣[3]让樵牧，一磴入寒云。

【注释】

[1]浮岚：飘动的山林雾气。

[2]夕曛：落日的余辉。

[3]振衣：抖衣去尘，整衣。《楚辞·渔父》："新沐者必弹冠，新浴者必振衣。"

孔昭虔

（一首）

孔昭虔（1775～1835），字符敬，号荃溪，山东曲阜人，孔广森之子。曾任翰林院编修、贵州布政使。著有《镜虹吟室诗集》。

登华不注山

凉云吹断天宇晴，石柱孤立烟鬟轻。平野四敞共秋色，一痕翠落明湖明。在昔强侯辱跛客，哲妇[1]一笑几倾城。三周马逸鼓不止[2]，阵云压山山欲崩。虎牙桀立亦何事？刺天空自雄桑经[3]。我闻八公山头草木兵，风鹤先使勍敌惊[4]。霍泰山[5]前竹二节，晋阳保障神式凭[6]。为国作镇安地德，要盟[7]城下羞山灵。山灵无语空谷应，松风相答鸣秋声。自古在德不在险，况非天险不可升。瘦壁千仞聊一登，高秋万里烽烟平。甲兵洗尽华泉水，单椒终古长青青[8]。

【注释】

[1]哲妇：多谋虑的妇人。《诗经·大雅·瞻卬》："哲夫成城，哲妇倾城。"后用

来指乱国的妇人。此处是指齐顷公生母萧同叔子，见前崔振宗《华不注》诗注释[1]。

[2]马逸鼓不止：《左传·成公二年》："郤克伤于矢，流血及屦，未绝鼓音……(解张)左并辔，右援枹而鼓，马逸不能止，师从之。齐师败绩。"

[3]桑经：指《水经》，相传为汉桑钦所作，故称。

[4]这两句是用淝水之战故事，即"八公山上，草木皆兵""风声鹤唳"等故事，可参见《资治通鉴·晋孝武帝太元八年》。

[5]霍泰山：又作霍太山、霍山、太岳山，位于山西中南部。

[6]式凭：依靠，依附。

[7]要盟：强迫签定盟约。指鞌之战后，齐晋媾和之事。

[8]句后原注："时闻川楚捷音。"疑指川楚白莲教乱(1796～1804)被平定事。

梁章钜

(一首)

梁章钜(1775～1849)，字闳中，又字茝(chǎi)林，晚号退庵，福建长乐人。曾任山东按察使、江苏巡抚、两江总督。著有《退庵诗存》。

华不注

四围秋色水云乡，一朵芙蓉拱夕阳。拔地倚天谁与匹，单椒秀泽果无旁[1]。平临千佛禅关迥，隐约三周战垒[2]荒。便欲拂衣凌倒景，华泉深处浣诗肠[3]。

【注释】

[1]无旁：没有辅助者，写华不注山的孤高。

[2]战垒：战争中用以防守的堡垒。

[3]句后原注："太白《游华不注》诗'含笑凌倒景，欣然愿相从'。"诗肠：指诗思，诗情。

朱凤森

(一首)

朱凤森(1776～1833)，字韫(yùn)山，广西桂林人，清代戏曲家。曾任河南浚县知县。著有《韫山诗稿》。

华不注山

扫石同坐山上月，倚竹遥飞山下云。素琴遗响发妙指，怪石寒泉空翠分。

细路湾环人不到，华不注山山四照。上山即是下山路，上山下山猿鸟啸。君不见，天高白玉堂，洛阳才子[1]能文章；君不见，斗大黄金印，渔阳[2]老将陷坚阵。人生快意青史传，不如濯足[3]听流泉。留君不住下山去，赠君一卷《阴符篇》[4]。

【注释】

[1]洛阳才子：原指汉代贾谊。语出潘岳《西征赋》："终童山东之英妙，贾生洛阳之才子"。

[2]渔阳：地名，战国燕置渔阳郡，在今北京密云区西南。

[3]濯足：《孟子·离娄上》："沧浪之水清兮，可以濯我缨；沧浪之水浊兮，可以濯我足。"

[4]《阴符篇》：古兵书名，传说为西周时姜尚（姜太公）所著。

张　澍

（二首）

张澍（shù）（1776～1847），字时霖，号介侯，甘肃武威人，清代文献学家。曾任贵州玉屏知县。著有《养素堂诗集》。

望鹊华山

（二首）

如镜明湖水一湾，单椒秀泽鹊华山。秋来苍翠层岚[1]色，落入王孙笔墨间[2]。

未能蜡屐上嶙峋[3]，雾髻烟鬟看亦真。曾到岱宗窥海日，山灵莫笑我逡巡[4]。

【注释】

[1]层岚：指重山迭岭中的雾气。

[2]句后原注："赵松雪有《鹊华秋色图》。"

[3]嶙峋：指突兀高耸的华不注山。

[4]逡巡：拖延，迁延。

王玮庆

（一首）

王玮庆（1778～1842），字袭玉，号藕塘，山东诸城人。曾任福建道监察御史、礼部右侍郎。著有《藕唐诗集》。

将至济南望鹊华诸峰

岱宗北下山嵯峨，群峰回拱儿孙罗[1]。鹊华平原竞独秀，龙盘走势来卷阿[2]。攒峰胎玉奇石古，曳烟窣翠横青螺。我本风尘劳劳[3]客，七年九度此间过。今来正值秋容瘦，菡萏一朵凌沧波。碧雨新沐浓黛泼，藐姑仙子[4]蹙双蛾[5]。何时缘觉跨白鹤，架岩结宇披苎萝。青莲承趺花鬘笑，云衲[6]雪笠阿伽陀[7]。

【注释】

[1]这两句是说，泰山北麓群峰众多，如同儿孙一般拱卫着泰山。

[2]卷阿：泛指蜿蜒的山陵。

[3]风尘：谓行旅辛苦劳顿。劳劳：辛劳，忙碌。

[4]藐姑仙子：《庄子·逍遥游》："藐姑射之山有神人居焉，肌肤若冰雪，绰约若处子。"

[5]双蛾：指美女的两眉。蛾，蛾眉。

[6]云衲：僧衣。唐杜荀鹤《赠休粮僧》诗："争似吾师无一事，稳披云衲坐藤床。"

[7]阿伽陀：在佛教中又称"不死药""丸药"，据佛教思想称此药灵奇，价值无量，服之能普去众疾。

吴慈鹤

（一首）

吴慈鹤(1778～1826)，字韵皋，号巢松，江苏吴县(今江苏苏州)人。曾任翰林院编修、侍读学士。著有《吴侍读全集》。

雪后望华不注

天近水溶溶[1]，浮烟三两重。风苏求树鹊，云暖护潭龙。暝色无边赴，轻眉一半浓。明湖明十里，倒影白芙蓉[2]。

【注释】

[1]溶溶：水流盛大貌。

[2]这两句是说，雪后华不注山在大明湖中的倒影，犹如一朵白芙蓉。

何邻泉

（一首）

何邻泉(1778～?)，字岱麓，号莘野，山东历城人。著有《无我相斋诗选》。

登会波楼[1]望鹊华二山

春云漠漠绕层楼，独倚危栏放醉眸。远水清光明树隙，两山黛色上城头。空留丹灶[2]烟深护，孤起金舆翠欲流。忽忆吴兴[3]传妙墨，此身如在画中游。

【注释】

[1]会波楼：亦作“汇波楼”，位于大明湖公园东北隅。建于元初，因楼建在汇波桥（北水门）上而得名。登此楼可北望华山、鹊山、药山诸景。“汇波晚照”为古时济南八景之一。

[2]丹灶：炼丹用的炉灶。

[3]吴兴：地名，今浙江湖州有吴兴区，在此指元代书画家赵孟頫，赵为吴兴人，故称。赵孟頫有《鹊华秋色图》，为描绘鹊山、华山景色的名画。

黄　钊

（一首）

黄钊（1778～?），字谷生，号香铁，广东镇平人。曾任朝阳教谕。著有《读白华草堂诗集》。

济南遣夏杂诗

（其三）

青青华不注，蒨[1]若浮水莲。新凉一雨洗，翠落砚席前。旷怀谪仙人，挥手扫齐烟。醒蹈鲁连屩[2]，醉拍安期[3]肩。斯人已飙举[4]，鲁酒空圣贤[5]。一杯酌青霞，为我铺长笺。

【注释】

[1]蒨（qiàn），同“茜”，草盛貌。

[2]鲁连：指鲁仲连，战国时齐国人。腹有良谋，但不肯做官，常周游各国，排难解纷。事见《史记·鲁仲连邹阳列传》，李白诗中屡称。屩（juē）：草鞋。

[3]安期：即安期生，仙人名。秦汉间齐人。事见《史记·乐毅列传》《列仙传》等。李白诗中屡称。

[4]飙举：形容才情风发超逸。

[5]圣贤：清酒与浊酒的并称，泛指酒。

沈兆沄

（一首）

沈兆沄(1784～1877)，字云巢，号拙安，天津人。曾任翰林院编修、浙江布政使。著有《织帘书屋诗钞》。

望鹊华山

马上看山得得[1]来，鹊华秋净湿云开。修眉翠黛浑如画，为忆凝妆[2]玉镜台。

【注释】

[1]得得：象声词，形容马蹄声。

[2]凝妆：盛装，华丽的装饰。

单为鏓

（三首）

单为鏓(cōng)(1791～?)，字伯平，号芙秋，山东高密人。曾任栖霞教谕。著有《奉萱草堂诗钞》。

过华山[1]

四年不见华山峰，白首相看感万重。一片晓云半轮月，向人作意[2]写秋容。

【注释】

[1]题下原注："'华'，平仄皆同，惟西岳之'华'去声。"

[2]作意：故意，特意。

过华不注

九年不见华山峰，依旧单椒滴翠[1]浓。三十五回缘未了，今宵又听寺楼钟。

【注释】

[1]滴翠：极言翠绿的程度，像要滴下水来的样子。

别华不注

回头揖别华山灵，利锁名缰[1]一觉醒。三十六回尘网客，今朝永谢短长亭[2]。

【注释】

[1]利锁名缰：谓受名利束缚。

[2]短长亭：旧时城外大道旁，五里设短亭，十里设长亭，为行人休憩或送行饯别之所。北周庾信《哀江南赋》："十里五里，长亭短亭。"

宗稷辰

（一首）

宗稷辰(1792～1867)，字迪甫，号涤楼，浙江会稽(今浙江绍兴)人。曾任户部员外郎、山东道监察御史。著有《躬耻斋诗钞》。

经华不注山行，用田山姜[1]韵

万山朝岱东，一笏[2]独凝住。烟分九点青[3]，灏气轶仙侣。叠石若鳞甲，沉绿难缕数[4]。状拟袀服[5]垂，云炮[6]旧襄补。跗注华方衔，韡韡[7]绕圆坞。马逸[8]鞏东驰，鹊起咮[9]西吐。我来循崖周，轩然势飞举。几疑近壶峤[10]，恍欲探元圃[11]。雁臣[12]去寥天，低徊向谁语。

【注释】

[1]田山姜：即田雯，自号山姜子。见前田雯小传。

[2]一笏(hù)：笏为古代朝会时所执的手板，长方形。这里用笏比喻华不注山的高峻。

[3]这句是说济南北部有所谓"齐烟九点"，见前谢肇淛《九日同济南诸君登华不注四首》诗注释[4]。

[4]缕数：一一细数。

[5]袀(jūn)服：同一的服装，谓着相同的戎装。

[6]云炮(páo)：指女娲。女娲又称"炮娲"，云姓。

[7]韡韡(wěi wěi)：光明华美貌。《诗经・小雅・常棣》："常棣之华，鄂不韡韡。"

[8]马逸：《左传・成公二年》："(解张)左并辔，右援枹而鼓，马逸不能止，师从之。齐师败绩。"

[9]咮(zhòu)：鸟嘴。

[10]壶峤：传说中仙山方壶、员峤的并称。

[11]元圃：即玄圃。传说中昆仑山顶的神仙居处，中有奇花异石。

[12]雁臣：古代逢秋到京师朝觐，至春始还部落的北方少数民族首领。

吴振棫

（一首）

吴振棫（1792～1870），字仲云，号毅甫，晚号再翁，浙江钱塘（今浙江杭州）人。曾任云南大理知府、云贵总督。著有《花宜馆诗钞》。

华不注

孤秀郁千尺，群山不相从。奇绝无可言，但言青芙蓉。车从齐河[1]来，十里见颜色。天然谢公诗[2]，何曾事雕饰。

【注释】

[1]齐河：齐河县，今属德州，与济南隔河相望。

[2]谢公诗：指谢灵运的诗。谢灵运的山水诗鲜丽清新，在当时颇受好评。如《南史·颜延之传》中记载鲍照曾评论谢灵运的诗："谢五言如初发芙蓉，自然可爱。"

马国翰

（一首）

马国翰（1794～1857），字词溪，号竹吾，山东历城人，清代著名文献学家、藏书家。曾任陇州知州。著有《玉函山房诗集》。

望华不注

太华孤朵秀芙蓉，百丈丹梯[1]积翠重。车马已陈前代迹，林峦不改旧时容。湖干星落春光远，树外蟾[2]生秋意浓。闲煞青山无一事，古今同惹笑浮踪[3]。

【注释】

[1]丹梯：指高入云霄的山峰。

[2]蟾：传说月中有蟾蜍，故称月为蟾。

[3]浮踪：踪迹不定。

符兆纶

（一首）

符兆纶（1796～1865），字鸿诏，号雪樵，江西宜黄人，曾任福建福清知县。著有《卓峰草堂集》。

望华不注

一笑几倾国,兴师为释惭[1]。竟忘蜂虿[2]毒,遂起虎狼贪。山色愁凝碧,泉声咽泻蓝。三周怀往辙,跛者尔何堪。

【注释】

[1]这两句是讲鞌之战的起因。详见《左传·宣公十七年》及前崔振宗《华不注》诗注释[1]。

[2]蜂虿(chài):蜂和虿,都是有毒刺的螫虫。

孙锡嘏

(三首)

孙锡嘏(gǔ)(1797～1888),字尔常,号东泉,山东淄川人。光绪二年(1876年)钦赐副贡。著有《东泉诗钞》。

登华不注步李沧溟[1]韵

虎牙杰立抱寒炉,秀拔单椒护上都[2]。近接佛头[3]山雨润,遥连鳌背[4]海云孤。当车丑父何年去,载酒青莲此日无[5]。醉倚天风归欲晚,华泉冷落入荒芜。

【注释】

[1]李沧溟:即李攀龙,号沧溟。见前小传。

[2]上都:古代对京都的通称。又,上都亦可指天宫。

[3]佛头:济南市区南部有佛慧山,海拔460米,为济南市区制高点。山上有开凿于北宋年间的巨佛头像,民间因称此山为“大佛头”。

[4]鳌背:借指大海。

[5]这两句分别写与华不注山有关系的两个历史人物,鞌之战中掩护齐顷公逃跑的逢丑父和唐代来游华山留下诗句的青莲居士李白。

历下杂咏

渺渺孤峰何处来,华山苍翠漫相猜。大如西岳莲花顶[1],一朵芙蓉尚未开。

【注释】

[1]西岳莲花顶:指西岳华山的西峰,海拔2082米,是华山主峰之一,因峰顶翠

云宫前有巨石状如莲花,故又名莲花峰。

忆华不注

簇簇危峰[1]翠欲流,虎牙杰立插清秋。遥知[2]山下华泉水,四十年前我旧游。

【注释】

[1]危峰:高峻的山峰。

[2]遥知:谓在远处知晓情况。

王　鸿

(三首)

王鸿(1807~?),字子梅,江苏长洲(今江苏苏州)人。曾任聊城县丞。著有《喝月楼诗录》。

华不望月

绿萝径冷停琴伫[1],白桂香清入梦遥。回忆华不峰望月,碧云深处听琼箫[2]。

【注释】

[1]伫(zhù),长时间站立,等候。

[2]琼箫:玉箫。唐王翰《飞燕篇》:"朝弄琼箫下彩云,夜踏金梯上明月。"

望华不歌

华不独立如孤客,夭矫云中撑傲骨。众山俯仰依泰岱,山离辴然[1]笑不歇。风萧萧,雨冥冥,翠微微,影亭亭。华不见我如故人,我遇华不意更亲。昔日东归行,华不云中迎,春风含笑何多情。马首今东鞚,华不遥相送,云外依依情愈重。山迎送,人奔走,客不欢,山也瘦。欲依山居,嗟我无屋;欲伴客行,恨汝无足。安得钱有耳,车生角,偕隐[2]乎华不山之麓。题诗寄山离,山奇人更奇,以诗作券遥相期。何必居九夷[3],从凤嬉。青山不老归来兮!呜呼!青山不老归来兮!

【注释】

[1]辴(chǎn)然:笑的样子。

[2]偕隐:一起隐居。

[3]九夷：古代称东方的九种民族，亦指其所居之地。《论语·子罕》："子欲居九夷。"

华不注

昔登华不高峰，孤客斜曳短筇[1]。三周铁骑云冷，一朵青莲秀钟。垂露笔疑倒插，旋螺草[2]尚留踪。归去青山不老，回头已被云封。

【注释】

[1]短筇(qióng)：短杖。

[2]旋螺草：见前毛大瀛《登华不注绝顶放歌》诗注释[4]。

李佐贤

（一首）

李佐贤(1807～1876)，字竹朋，山东利津人。曾任福建汀州知府。著有《石泉书屋诗钞》。

明湖棹歌

（其四）

华峰天半[1]绿嵯峨，烟縠轻笼雨乍过。仿佛玉环新浴罢，髻鬟[2]高拥一堆螺。

【注释】

[1]天半：犹言半空中。

[2]髻鬟(jì huán)：古时妇女发式，将头发环曲束于头顶。

史梦兰

（一首）

史梦兰(1813～1898)，字香崖，号砚农，直隶乐亭(今河北唐山)人。曾选朝城知县，未仕。著有《尔尔书屋诗草》。

游华不注山[1]

巨灵[2]手断太华臂，掷向济南插平地。孤峰特起凌苍穹，毅然挥使群峰避。纵横野水趋山根，汇合名泉七十二[3]。波光一片浸芙蓉，暮霭朝霞蒸紫翠。鞌山遥望城南隅，三面岚光相翼蔽。晋齐之战经千年，山色依然蟠黛髻。我来吊古[4]扣禅关，破庙荒凉古佛残。当日三周遗迹在，华泉指点余寒烟[5]。昔闻丑父右公易公位，早开纪信[6]诳楚计。纪信诳楚以忠死，丑父得免真幸事。一时胜败安足论，代君任患[7]今几人？问之山僧僧不答，春山无语开笑靥。

【注释】

[1]题下原注："即晋逐齐师三周处。"

[2]巨灵：神话传说中劈开华山的河神。

[3]名泉七十二：济南城内百泉争涌，有名泉七十二之说。济南泉水不止七十二处，仅市区就有大小泉池百余处，趵突泉、黑虎泉、珍珠泉、五龙潭、百脉泉五大泉群是济南七十二泉的主要组成部分。

[4]吊古：凭吊往古之事。

[5]句下原注："华泉旧有井，今湮。"

[6]纪信（？～前204）：汉将军，赵人，随刘邦起兵抗秦。由于身形、相貌酷似刘邦，在荥阳城危时假装刘邦，向西楚诈降被俘。项羽有意招降，纪信拒绝。最终被项羽用火刑处决。

[7]代君任患：代替国君承受祸患。《左传·成公二年》："韩厥献丑父，郤献子将戮之，呼曰：'自今无有代其君任患者，有一于此，将为戮乎？'"

高宅旸

（一首）

高宅旸（yáng）（1817～1876），字丽中，号味蓼，江苏武进人。诸生。著有《味蓼轩诗钞》。

望华不注

昔闻华不注，跗萼衔千重。今游齐郭门，瞥见[1]青芙蓉。插地卓千仞，独秀无诸峰。遥空结缥缈，绿翠飞溟蒙。始知峻绝处，灵气之所钟。我来偶遐眄，诗境开心胸。可惜谪仙去，都邑多尘封[2]。名山自今古，斯人难再逢。临风寄微尚[3]，飘洒如其容。合当蹑衣上，一访烟霞踪。

【注释】

[1]瞥（piē）见：看到，一眼看见。

[2]尘封：搁置已久，被尘土盖满。

[3]微尚：微小的志趣、意愿，谦词。

江　湜

（一首）

江湜（shí）（1818～1866），字持正，又字弢叔，号敌堂，别署龙湫院行者，江苏长洲（今江苏苏州）人。诸生，曾捐得浙江候补县丞。著有《伏敌堂诗录》。

泛舟大明湖，登历下亭[1]，遥望华不注

连山蜿蜒如游龙，背城不见寻亦慵。忽看涌出万瓦上，势若回首窥城墉[2]。泺源潜发未出郭，湖光如镜初磨镕。斜阳欲下山影落，倒浸十丈青芙蓉。是时正月气已变，鹜黄水柳摇春容。乱流直泝历下亭，坐看对面岚光浓。举头更见华不注，忆昔李白登其峰。自云曾遇赤松子[3]，托兴愿得长相从。我来独游少俦侣，济南名士[4]多未逢。单椒秀泽久寂寞，况求尘外仙人踪。惟余山水自清绝，胜情犹入羁人[5]胸。船偎曲碕[6]受行客，风度绝壑闻疏钟。寓斋[7]不远晚始去，早挝衙鼓[8]声冬冬。

【注释】

[1]历下亭：济南名亭，因南临历山（即千佛山），故名历下亭，亦称“古历亭”。其位置多次变迁，现位于大明湖东南隅岛上。

[2]城墉：城墙。

[3]赤松子：参见前李白《古风》注释[3]。

[4]济南名士：天宝四年（745 年），杜甫路过济南，北海太守李邕宴请杜甫及济南名士。杜甫赋《陪李北海宴历下亭》一首，其中有“海右此亭古，济南名士多”句。

[5]羁人：旅客。

[6]碕（qí）：曲折的堤岸。

[7]寓斋：寓所，住所。

[8]挝（zhuā）：敲打。衙鼓：旧时衙门中所设的鼓，用以集散曹吏。

陈　锦

（二首）

陈锦（1821～?），字画卿，浙江山阴人。道光二十九年（1849 年）举人。山东候补道。著有《橘荫轩诗文集》。

华不注山

（二首）

傍水金莲出，朝天玉笋抽。当年经百战，一日已三周。翠盖连飞鹊[1]，青梯引卧牛[2]。可能排济漯，平野抑横流。

片石浑如削，城隅寸碧纤。五丁[3]留一指，孤注压千岩。柎鄂妍难画[4]，觚棱[5]峭不嫌。芳心谁与赏，含笑佛头拈。

【注释】

[1]飞鹊：指鹊山，在黄河北岸。相传每年七八月间，乌鹊翔集，因此得名。又相传先秦名医扁鹊葬于此处，故名鹊山。

[2]卧牛：卧牛山，又名九里山，在城郊东北部，与华山相近，形似卧牛。

[3]五丁：神话传说中的五个力士。

[4]句下原注："'华不'之'不'本当作'柎'。"

[5]觚棱（gū léng）：宫阙上转角处的瓦脊成方角棱瓣之形。亦借指宫阙。

周铭旂

（二首）

周铭旂（qí）（1828～1913），字懋臣，号海鹤，山东即墨人。曾任汉阴知州。著有《出山草》。

华不注

谁将天外剑，掷作一峰孤。拔地曾何傍，依人若不须。倒看湖落影，旁借鹊成图[1]。屹立苍然色，英雄绝世无。

【注释】

[1]这两句是说，从大明湖中可见华不注山的倒影，华山又与鹊山一起构成美丽的画图。

大明湖望鹊华二山

秋色凭谁一笔摹，蛾眉斗影落平湖[1]。此回风景须牢记，留待他年写画图。

【注释】

[1]这一句是说，鹊华二山如同美女，倒映在明湖水中，争奇斗妍。蛾眉：美女的代称。

濮文暹

（一首）

濮文暹（xiān）（1830～1909），字青士，号瘦梅子，江苏溧水人。曾任河南南阳知府。著有《见在龛集》。

华不注山

荒无林与泉，顽无壑与邱。一朵枯菡萏，掷之河东头。欲蹑苦不磴，欲缒苦不幽。其顶谁合尖，仰刺天悠悠。其胯环废刹[1]，野炊光浮浮。其腰缀危构[2]，虚杳如蜃楼[3]。其趾真战场，南东皆可畴。妇人余一笑，猥使山灵愁。蹄辙永磨陷，何止巡三周。秋社我来思，茶亭多齐讴。何须访华泉，取饮便所求。亭亭复对峙，鹊山遥与俦。医国猗何人？扁公名长留[4]。俨然两金焦[5]，惜不居清流。杰出不得地，湮没河之洲。我闻济水南，沧桑变未休。历山久无顶，耕者沉铁牛[6]。藐兹一拳石，突立忘春秋。天风拥黄沙，不消此浮沤[7]。零落几点烟[8]，嗟哉古齐州。

【注释】

[1]废刹：疑指华不注山下的华阳宫。

[2]危构：高耸的建筑物，疑指华不注山间的吕祖庙等建筑。

[3]蜃楼：古人谓蜃气变幻而成的楼阁。

[4]句下原注："有孤阜隔河对立，传为扁鹊烧丹处，因以得名。"

[5]金焦：金山与焦山的合称。两山都在今江苏镇江。

[6]句下原注："历山、铁牛山久埋入地，今成市阛而存其名曰'历山顶、铁牛顶'云云。"

[7]浮沤(ōu)：水面上的泡沫。因其易生易灭，常用以比喻变化无常的世事和短暂的生命。

[8]几点烟：唐李贺《梦天》诗："遥望齐州九点烟，一泓海水杯中泻。"后有所谓"齐烟九点"景点，参见前谢肇淛《九日同济南诸君登华不注四首》注释[4]

王闿运

（一首）

王闿运(1833～1916)，字壬秋，又字壬甫，号湘绮，湖南湘潭人。曾任翰林院侍读、清史馆馆长。著有《湘绮楼全集》。

奉陪郭大兄嵩焘[1]登华不注山兼和赠一首

华峰万石成一色，上峰嶙峋下圆碧。双尖削瘦无四邻，攒秀亭亭见千尺。神仙游客同所遇，世人少暇空来去。从来灵境惜奇赏，突兀东郊如虎踞。夫君龙节[2]登蓬莱，峻节[3]驱风海水开。大纲持政[4]物多暇，山人始见青骢来。骢马行行转山麓，落日寒光照苍玉。近看历落[5]抽万笋，远见参差成一簇。中峰崚嶒上危峦，飞阁架构无层阑。与君相看豁方寸[6]，青天四望心目宽。野风吹袂白云满，济南落掌飞势远。夕烟曳岭开屏风，历山下对城如碗。登高远眺逸思多，兴酣抗响同高歌。已嗟强齐变弱鲁，坐伤清济污浊河[7]。浊河清济事翻覆，古往今来如逐鹿。三山十岛不可求，楼船驾海涛成屋。今年海防参大计，功成身退君所识[8]。诏书新命倚此行，青兖[9]苍生望经济。忧时览古悲河山，北望阊阖[10]南荆关。胜游未知白日短，独坐始觉孤云间。闲游握手不易得，路人旁观指狂客。但知二命有穷达，谁信两家无担石[11]。故人故乡如眼前，欲去未去心凄然。愿将世事老渔钓，暂隐衡山过十年。

【注释】

[1]郭嵩焘(1818～1891)：字筠仙，号云仙、筠轩，湖南湘阴城西人。曾佐曾国藩幕，任两淮盐运使、广东巡抚、驻英公使等职。郭嵩焘曾于咸丰九年(1859 年)十月奉命前往烟台等处海口查办贸易税收情况，此诗当作于此时。

[2]夫君：称友人，此处指郭嵩焘。龙节：龙形符节。《周礼·地官·掌节》："凡邦国之使节，山国用虎节，土国用人节，泽国用龙节。"

[3]峻节：高尚的节操。

[4]持政：执政。

[5]历落：磊落，洒脱不拘。

[6]方寸：指心，心绪，心思。

[7]句下原注："郭诗中有'齐鲁河济'之感，盖刺今也。"

[8]句下原注："泰西夷舟犯大沽者十四船，尽破之。"1859 年 6 月 25 日，大沽守军大败侵入内河的英法联军舰队，是第二次鸦片战争中清军取得的最大一次胜利。

[9]青兖：青州、兖州，所谓"九州"中的两个区域，其范围大致在今山东境内，故用以指山东。

[10]阊阖(chāng hé)：传说中的天门，借指京城。

[11]家无担石：谓家中贫乏，存粮极少。

陈作霖

(一首)

陈作霖(1837～1920)，字雨生，号伯雨，别号可园，江苏江宁(今江苏南京)人。曾任崇文经塾教习、江宁县志局总纂。著有《可园诗存》。

华峰挹爽

峰势何岧嶤[1]，莲花半吐萼。倒影浸明湖，天风吹不落。华泉能饮无，下车自斟酌。

【注释】

[1]岧嶤(tiáo yáo)：见前庞垲《望华不注山》注释[1]。

汪宝树

（一首）

汪宝树(1838～?)，字谢阶，号东渠，山东泰安人。曾任山东庆云知县。著有《汪惠毅公诗》。

拟曾子固[1]七律五首用原韵·登华不注一首

危峰耸翠碧巉巉，拔地名山壮济南。往事三周怜磴险，荒途一缕契幽探[2]。云边丹灶留烟销，石上青苔带雨酣。欲洗尘心消俗障，清冷到耳爱泉甘。

【注释】

[1]曾子固：曾巩，字子固。见前小传。

[2]幽探：谓探求幽胜之境。

赵国华

（一首）

赵国华(1838～1894)，字菁衫，直隶丰润(今河北丰润)人。曾任山东沂州知府、山东按察使。著有《青草堂集》。

明湖竹枝词[1]

（其二）

鹊山如鹊飞向东，华山如华开向西。明湖绛纱不干事，朝朝蛾眉相对齐。

【注释】

[1]竹枝词：一种诗体，由古代巴蜀民歌演变而来。唐代刘禹锡把民歌变成文

人诗体，对后世影响很大。竹枝词以吟咏风土为主要特色，与地域文化有很大的关系。

朱庭珍

（一首）

朱庭珍(1841～1903)，字小园，又作筱园，号诗隐，云南石屏人。光绪十四年(1888年)举人。著有《穆清堂诗钞》。

华不注山怀古

西风吹尘烟冥冥，云中山翠遥相迎。欲寻齐晋交战处，下车取饮华泉清。诸侯悦亲自有体，奈何侮客出非礼？笑声未毕闻怒声，誓指河水愤兵起[1]。八百乘[2]逾城濮师，鲁卫合力趋临淄。予姑剪灭此朝食[3]，不待介马[4]先驰之。余勇谁贾齐高固[5]，流血及肘[6]鼓声怒。马逸不止贪天功，逐北三周华不注。骖挂于木将成擒，易位赖有逢丑父[7]。君不见，骊山戏召天下兵，美人巧笑亡西京[8]。萧同叔女儿为质，未必尤物皆倾城，幸哉得免城下盟[9]。

【注释】

[1]这四句是讲鞌之战的起因，参见前王士禛《望华不注怀古》诗注释[2]。

[2]八百乘：《左传·成公二年》："孙桓子还于新筑，不入，遂如晋乞师。臧宣叔亦如晋乞师。皆主郤献子。晋侯许之七百乘。郤子曰：'此城濮之赋也。有先君之明与先大夫之肃，故捷。克于先大夫，无能为役，请八百乘。'许之。郤克将中军，士燮佐上军，栾书将下军，韩厥为司马，以救鲁、卫。"

[3]灭此朝食：《左传·成公二年》："癸酉，师陈于鞌。邴夏御齐侯，逢丑父为右。晋解张御郤克，郑丘缓为右。齐侯曰：'余姑翦灭此而朝食。'"

[4]不待介马：等不及为马披甲。

[5]齐高固：《左传·成公二年》："齐高固入晋师，桀石以投人，禽之而乘其车，系桑本焉，以徇齐垒，曰：'欲勇者贾余馀勇。'"

[6]流血及肘：《左传·成公二年》："郤克伤于矢，流血及屦，未绝鼓音，曰：'余病矣！'张侯曰：'自始合，而矢贯余手及肘，余折以御，左轮朱殷，岂敢言病。吾子忍之！'"

[7]逢丑父：《左传·成公二年》："逢丑父与公易位。将及华泉，骖絓于木而止。……丑父使公下，如华泉取饮。"

[8]骊山两句，指"烽火戏诸侯"故事。

[9]萧同三句，指鞌之战的结果，齐晋媾和。《左传·成公二年》："齐侯使宾媚人赂以纪甗、玉磬与地。不可，则听客之所为。宾媚人致赂，晋人不可，曰：'必以萧

同叔子为质，而使齐之封内尽东其亩。'对曰……晋人许之。"

李嘉绩

（一首）

李嘉绩(1843～1907)，字云生，又字凝叔，号潞江渔者，四川成都人。曾任陕西韩城知县。著有《代耕堂集》。

华不注

拔地华不注，孤标[1]气象雄。《春秋》名不朽[2]，风雨祷能通。树没苍茫外，天浮岛屿中。会须登绝顶，一啸海云红。

【注释】

[1]孤标：指山、树等特出的顶端。这里指华不注山。

[2]名不朽：是说华不注山因为名载《春秋》而不朽。

周家禄

（一首）

周家禄(1846～1909)，字彦升，又字蕙修，江苏海门人。曾任江浦县训导。著有《寿恺堂集》。

城东望华不注山

秋色满城南，兹山何寂寥[1]。寒云连海岱，落叶正萧萧[2]。天然苍秀色，万古长不凋。朝天青玉笏[3]，竦立见丰标。往来马上看，怀古意无聊。下马弄秋水，风雨晚漂摇。

【注释】

[1]寂寥：寂静无声，沉寂。

[2]萧萧：象声词，形容草木摇落之声。唐杜甫《登高》诗："无边落木萧萧下。"

[3]青玉笏：这句是将华不注山比喻为一根碧玉制成的笏板。

毓 俊

（一首）

毓俊(1848～?)，字赞臣，姓颜扎氏，满洲人。曾官至候选道。著有《友松吟馆诗钞》。

华不注

西风吹我上峰巅，万里苍茫思渺然。孤嶂[1]笼烟高插地，长河隔岸远连天。夕阳落叶枯僧寺，野水斜帆估客[2]船。兵逐三周已陈迹，可容怀古问山川。

【注释】

[1]孤嶂：孤立的高山。唐杜甫《登兖州城楼》诗："孤嶂秦碑在，荒城鲁殿馀。"

[2]估客：即行商。

康有为

（一首）

康有为（1858～1927），字广厦，号长素，广东南海人，戊戌变法的重要参与者。曾任工部主事。著有《康南海先生诗集》。

新济南诗

碣石四百岛，渡海起泰岱。走峰尽济南，龙种犹存在。揭揭[1]华不注，离离[2]点苍黛。翠巘巉天半，单椒无连带。虎牙独雄立，巨石奋灵怪。鹊山按前横，葶药鞍后拜。群山次第朝，黄河曲拥戴。名泉七十二，众流会灌溉。明湖汇济泺，归极环下界。清河绕黄台[3]，纡折入河内。鹊湖怀家洼，千里水朝外。山水有拱抱，卜宅[4]此为最。我仪地形佳，冠行省都会[5]。昔人昧形势，河水夹反背。宜移新济南[6]，华山下作绘。大开数驰道，公馆聚冠盖。山上掇亭台，夹道植松桧。黉舍[7]先移筑，侁侁胄子[8]戒。游徼[9]警长途，车马分驰载。居行游皆来，盛会于此赛。人皆美乐土，十年繁茂对。今日攀巉崖，荦确[10]我仆惫。它时成大邑，四顾意气快！

【注释】

[1]揭揭：长貌，高貌。《诗经·卫风·硕人》："葭菼揭揭，庶姜孽孽，庶士有朅。"

[2]离离：清晰貌，分明貌。

[3]黄台：地名，位于山东济南天桥区北园镇东北部，黄河以南，小清河以北。

[4]卜宅：占卜决定建都的地方。也指选择住地。

[5]都会：大城市。

[6]新济南：康有为对华不注山情有独钟，在其《新济南记》中称："诚宜移都会于华不注前，然今亦不必移也，但开一新济南，尤美善矣。"

[7]黉（hóng）舍：校舍，借指学校。《新济南记》："黄台桥有农林学校在

焉……先移各学校于山前。”

[8]侁侁(shēn shēn):众多貌。晋傅咸《皇太子释奠颂》:“济济儒生,侁侁胄子。”胄子:古代称帝王或贵族的长子为胄子,国子学生员亦称胄子。

[9]游徼(jiǎo):秦汉时乡官名,负责巡查盗贼。

于秉信

(一首)

于秉信(生卒年不详),字君执,号陵山,山东章丘人。乾隆间诸生。著有《醉月亭诗》。

晓望华不注山

奇峰插天半,太息[1]未登临。晓日华阳树,上方钟磬音。翠微结遥想,萧瑟[2]满秋心。又复匆匆去,停鞭思不禁[3]。

【注释】

[1]太息:大声长叹,深深地叹息。

[2]萧瑟:凋零,冷落,凄凉。

[3]不禁:抑制不住,不由自主。

王大堉

(二首)

王大堉(yù)(生卒年不详),字秋坨,天津人,寄籍江苏长洲(今江苏苏州)。道光年间诗人。善画。著有《苍茫独立轩诗集》。

雪后登华不注,再叠前韵柬朱季直[1]

白莲一朵四无叶,突兀华不注负雪。有人耐冷登其巅,应被山灵笑痴绝。初升踽踽[2]如老鹤,箬笠[3]压颓玉杖折。须臾贾勇[4]凌山腰,已讶眼前峦影灭。忽然一跃来绝顶,举手白云如可掣。泰岱苍茫隔冷烟,明湖隐约凝冰缬。四大空明[5]影亦清,三千世界[6]尘无屑。旋看落日红九霄,万片琼瑶融一瞥。奇情惟有滕六[7]知,清景堪同青女[8]说。诗成我欲镌高崖,愿借先生一枝铁[9]。

【注释】

[1]朱季直:朱方,字季直,善篆刻。

[2]踽踽(jǔ jǔ):小步慢行貌。

[3]箬(ruò)笠:用箬叶或竹篾编制的宽边帽。

[4]贾勇:语本《左传·成公二年》齐高固事。后以"贾勇"为鼓足勇气的意思。

[5]四大空明:四大,佛教称地、水、火、风为四大,认为所有物质都由四大构成,而四大又从空而生,因此世间一切事物都是空虚的,称"四大皆空"或"四大空明"。

[6]三千世界:佛教名词"三千大千世界"的省称。佛教认为,以须弥山为中心,七山八海交绕之,更以铁围山为外郭,是谓一小世界,合一千个小世界为小千世界,合一千个小千世界为中千世界,合一千个中千世界为大千世界,总称为"三千大千世界"。多用以泛指宇宙。

[7]滕六:传说中雪神名。

[8]青女:传说中掌管霜雪的女神。

[9]句下原注:"君工篆刻。"

和豸峰[1]历下咏怀古迹诗三十七首·华不注

昔登华不山,奇句访谪仙。谪仙去何处?山色故依然。石磴一何[2]险,岚影一何娟。分明何所似,一朵青青莲。草绣莲花碧,雪覆莲花白。日出莲花红,月落莲花黑。壮士三周铁骑疾,战尘十丈彼军墨,莲兮莲兮应无色。

【注释】

[1]豸峰:清有廖豸峰,其人生平已不可考。

[2]一何:多么。唐杜甫《石壕吏》诗:"吏呼一何怒,妇啼一何苦。"

王大儒

(一首)

王大儒,生平事迹不详。

同诸友登华不注

看山如读书,熟则删所恋。层折[1]取其新,即此窥候变。不注近桃蹊,登临良我便。兹乃独淹留,众前我则殿[2]。细酌眺归鸿,渚峰开面面。风日发寒香,秋老霜林绮[3]。

【注释】

[1]层折:重重转折。

[2]殿:在最后。

[3]绮(qiàn):青赤色。

王宁焯

（一首）

王宁焯(fù)，乾隆五十四年(1789 年)进士，生卒事迹不详。

华不注

峭若不可上，卓若不可攀。四面无所倚，独立撑苍烟[1]。缅[2]疑开辟[3]初，此地惟平原。寸笋怒达方菌蠢[4]，一夜忽矗高高天。迄今万游客，题诗惟吕仙。可知凡情浊骨不必到，归去且学身生羽翼骖鹤鸾[5]。

【注释】

[1]苍烟：苍茫的云雾。

[2]缅：遥远。

[3]开辟：指宇宙的开始，古代神话中有盘古开天辟地的故事。

[4]菌蠢：谓如菌类之短小丛生。

[5]骖(cān)：乘，驾驭。鹤鸾：鹤和鸾凤，传说中仙人的坐骑。

王夺标

（二首）

王夺标(生卒年不详)，字赤城，自号南疑放客，山东单县人。顺治九年(1652 年)进士，曾任江南镇平知县、湖北知州。著有《南疑诗集》。

华不注

青削芙蕖[1]碧插天，峰头望去白云连。高低双影空中出，旋绕岱尊[2]不记年。

峭壁亭亭[3]翠色明，嵯峨秀逼野云平。生成形势无天险，还巩山东第一城[4]。

【注释】

[1]芙蕖(qú)：荷花的别名。

[2]旋绕：环绕。岱尊：指泰山。

[3]亭亭：高耸貌。汉张衡《西京赋》："干云雾而上达，状亭亭以苕苕。"

[4]巩：坚固，使牢固。山东第一城：指济南。

王德容

（一首）

王德容（生卒年不详），字体涵，号秋桥，山东历城人。嘉庆间诸生。著有《秋桥诗选》。

望华不注

高峰城北画中披，翠削屏风矗不欹。地拔千寻[1]平野势，天和一色断云时。芙蓉朵向清秋净，鬟髻尖从古堞[2]窥。更有鹊山共烟雨，尹邢对处恰相宜。

【注释】

[1]千寻：古代以八尺为一寻，千寻形容极高。

[2]堞（dié）：城墙上如齿状的矮墙。

尹济源

（一首）

尹济源（1773～1833），字霁园，一字东沅，号竹农，山东历城人。嘉庆十三年（1808年）进士，改庶吉士，历官礼部主事、福建建宁府知府、山西巡抚、湖北巡抚等。

秋日游鹊华两山

言寻鹊华路，风景澄素秋。松门[1]点苍翠，苔磴阻且修。林疏返照[2]入，洞古闲云留。足力岂所惜，逸兴何乃遒[3]。历山当我南，泺水正交流。鹊湖既百顷，齐车亦三周。昔人不可见，古意[4]生平畴。

【注释】

[1]松门：以松为门。

[2]返照：夕照，傍晚的阳光。

[3]遒（qiú）：雄健有力。

[4]古意：思古之情。

白永修

（一首）

白永修（生卒年不详），字澄泉，山东平度人。光绪十一年（1885年）拔贡。著有《旷卢诗集》。

华山逢丑父祠

巉巉虎牙云外[1]立，骤雨旋晴空翠[2]湿。绝顶登望古战场，三周想见轮蹄[3]急。齐师已北晋师及，韩厥[4]马前方执絷[5]。以死免君尔何人，祠荒树老山鬼泣。

【注释】

[1]云外：指高空。

[2]空翠：指绿色的草木。

[3]轮蹄：车轮与马蹄，代指车马。

[4]韩厥：鞌之战中几乎俘获齐顷公的晋国将领。

[5]絷（zhí）：绳索，马缰绳。《左传·成公二年》："韩厥执絷马前，再拜稽首，奉觞加璧以进。"

朱崇勋

（二首）

朱崇勋（生卒年不详），字彝存，号怡园，山东历城人，朱缃子。诸生。著有《桐阴书屋诗》。

九日登华不注

风雨送清秋，萧瑟变林木[1]。良辰蜡屐来，霁景[2]转清肃。南山[3]横翠微，蜿蜒如起伏。华峰独瘦削，直上云端矗。纡徐[4]造初地[5]，一径入深竹。振衣凌绝巘，千里纵遥瞩。村容黄叶稀，深崖隐寒绿。城市苦物役[6]，到此释尘俗。佳节忍虚掷，采菊泛醽醁[7]。深怀豁达情，僧磬起岩谷。

【注释】

[1]即"林木变萧瑟"。萧瑟，稀疏。

[2]霁景：雨后晴明的景色。

[3]南山：济南市区南部为泰山北麓，连绵多山。

[4]纡（yū）徐：从容宽舒貌。

[5]初地：佛教寺院。

[6]物役：为外界事物所役使。

[7]醽醁（líng lù）：美酒名。晋葛洪《抱朴子·嘉遁》："藜藿嘉于八珍，寒泉旨于醽醁。"

秋日登华不注

凭高[1]山势郁崔巍，远树苍茫夕照开。万里寒云随雁去，九天[2]秋色上衣来。狂歌[3]自识登临意，壮志常惊岁月催。寂寞三周竟何在，西风怀古重徘徊。

【注释】

[1]凭高：登临高处。

[2]九天：谓天之中央与八方。《楚辞·离骚》："指九天以为正兮，夫唯灵修之故也。"

[3]狂歌：纵情歌咏。

朱　琦

（二首）

朱琦（生卒年不详），字景韩，山东历城人。乾隆十二年（1747年）举人，官陕西府谷知县。著有《倚华楼诗》。

登华不注二首

山石如群羊，寝讹[1]烟雨里。未遇黄初平[2]，谁能叱之起。

绝顶郁苍苍，齐州[3]堕渺茫。山城如黑子，一半是湖光[4]。

【注释】

[1]寝讹：《诗经·小雅·无羊》："尔羊来思，其角濈濈（jí jí）；尔牛来思，其耳湿湿。或降于阿，或饮于池，或寝或讹。"后以"寝讹"指牛羊的卧息与活动。

[2]黄初平：后世称为"黄大仙"，是中国民间信仰之一，著名道教神仙。他生于浙江金华义乌，原是当地一名放羊的牧童，在金华山中修炼得道升仙。他哥哥找到他后，问起放的羊在哪里，黄初平指着山中的石头说，就在那里。他叫一声"羊起"，于是山中白石变为数万头羊。事见晋葛洪《神仙传》。

[3]齐州：即今山东济南。北魏置齐州，治历城。隋称齐郡，唐为齐州济南郡。

[4]一半是湖光：济南有"四面荷花三面柳，一城山色半城湖"之誉。

朱曾传

（一首）

朱曾传（生卒年不详），字式鲁，自号说饼先生，山东历城人。乾隆二十一年（1756年）举人。著有《说饼庵词集》。

华不

华不高高白云流，华泉脉脉绿波柔。飞铃断碑昔王殿，樵斧牧笛何年邱？道人种树围春寺，松气[1]满山如早秋。飞去烟鬟[2]扑城碧，城中女儿学梳头。

【注释】

[1]松气：松林的声色气韵，指松林间的雾气清香。

[2]烟鬟：比喻云雾缭绕的峰峦。

朱 照

（一首）

朱照（生卒年不详），字晓村，别号齐右乡人，山东历城人，朱纲孙。监生。著有《锦秋老屋诗草》。

华柎春霭图

华不注山城东皋[1]，孤峰峻削称单椒。城南岭麓任连络，不与因依自成高。风光明媚春最好，碧螺一簇决花苞。古道行人十里外，时当村柳时园桃。孰知可望不可即，乱石无路空迢迢[2]。虎牙磔张若含怒，等闲不许轻游敖[3]。胡为妇人惯哗笑，败师辱国致奔逃。华柎面目为之丑，不幸到此周三遭[4]。那有仙人乘白鹿，慕名太白来相招。酒狂[5]妄作离尘想，诗人大抵多牢骚[6]。乾坤有山本寂寞，草昧何由名见标。纷纷后世徒多事，图霸求仙皆幻泡[7]。青山万古石不烂，峨峨完好峙平郊。有时赤晕映晴旭[8]，有时白云遮半腰。随时变态[9]见奇丽，鹊巘卧牛色相交。寄言里中二三子[10]，征异记胜无须劳。

【注释】

[1]东皋（gāo）：水边向阳高地，也泛指田园、原野。

[2]迢迢：道路遥远貌。

[3]游敖：即遨游，漫游。

[4]以上四句讲齐晋鞌之战事。

[5]酒狂：指纵酒使气之人，这里指李白。

[6]以上四句讲李白来游华不注事。参见前李白《古风》诗。

[7]幻泡：佛教语，比喻世事虚幻无常。

[8]晴旭：阳光。

[9]变态：谓万事万物变化的不同情状。

[10]二三子：犹言诸君，几个人。

任宏远

（四首）

任宏远（生卒年不详），字仔肩，号泺湄，山东历城人。诸生。著有《鹊华山人诗集》。

李文园、乐园岭西昆仲邀冯鳞雪、李千子暨予陪殿元李先生登华不注怀古[1]

兄弟耽[2]幽境，振衣登极巅。微微[3]认海岱，历历[4]数山川。太白昔年去，谪仙今日还[5]。春秋争战地，齐晋总茫然。

【注释】

[1]李文园：即李中简，字廉衣，号子静，又号文园，直隶任丘人。乾隆十三年（1748 年）进士，三十六年（1771 年）任山东学政，年六十一卒。其余诸人，均不可考。

[2]耽：沉溺，迷恋。

[3]微微：隐约，淡远。

[4]历历：清晰貌。

[5]这两句是将此行的"殿元李先生"比作当年的谪仙李白。

登华不注山怀古

翠削芙蓉四望通，销沉今古等飘蓬[1]。岱云海色微茫外，城堞湖烟指顾[2]中。不见仙人乘白鹿[3]，空留涧草[4]旋秋风。年来只有华杨柳，和雨和烟岁岁同。

【注释】

[1]飘蓬：飘飞的蓬草，比喻飘泊无定。

[2]指顾：手指目视，指点顾盼。

[3]这句化用李白《古风》诗句，参见前李白《古风》诗。

[4]涧草：见前毛大瀛《登华不注绝顶放歌》诗注释[4]。

登北城楼望华不注

宇内名山说永嘉[1]，游人漫向济南夸。汇波楼[2]上凭栏望，黛扫烟空刺虎牙。

【注释】

[1]永嘉：永嘉郡，冶所在今浙江温州永嘉，以山水秀丽闻名。

[2]汇波楼：见前何邻泉《登会波楼望鹊华二山》诗注释[1]。

鞍山[1]

齐晋相将战鼓惊，只疑一笑一倾城[2]。不堪极望华不注，唯有回车涧草[3]生。

【注释】

[1]鞍山：即北马鞍山，“齐烟九点”之一，形似马鞍，因城南亦有马鞍山，故名北马鞍山。即春秋时期齐晋鞌之战的战场。

[2]这两句是讲鞌之战的起因。详见《左传·宣公十七年》及前崔振宗《华不注》诗注释[1]。

[3]涧草：见前毛大瀛《登华不注绝顶放歌》诗注释[4]。

李西堂

（二首）

李西堂（生卒年不详），字春池，山东滋阳（今山东兖州）人。诸生。著有《晚悔堂诗集》。

秋日同友人登华不注

步出齐东门，两三知己共。心胸忽开朗，极目霜天[1]净。何处峰飞来？孤笋插天劲。久闻此华山，名擅青齐[2]胜。不蜡谢公屐[3]，先登勇迈众。狂歌太白诗，响答百谷应。兴会[4]奇气生，慷慨自成咏。激昂天门[5]通，玉皇莫惊动。旧传香案吏[6]，职半诗人供。诗成遥相呈，好为我评定。我诗与青莲，果否可相并？久之不见答，郁郁心转痛。老僧笑相招，迎说禅房静。倦入坐胡床[7]，默把经翻诵。故人知我意，急急为开瓮。一杯愁即消，陶然豁情性。醉里好归来，斜日暗石磴。北风吹遥林，落叶寒意重。时迫不可留，游奈未尽兴。挥手谢山灵，去去莫相送。

【注释】

[1]霜天：深秋的天空。

[2]青齐：指山东。山东在古代属青州，春秋战国时山东有齐国，故以青齐指山东。

[3]谢公屐：谢灵运登山时所穿的一种木鞋，鞋底安有两个木齿，上山去其前齿，下山去其后齿，便于走山路。唐李白《梦游天姥吟留别》："脚著谢公屐，身登青云梯。"

[4]兴会：情兴所会。

[5]天门：天宫之门。

[6]香案吏：宫廷中随侍帝王的官员，这里指天帝的宫员。

[7]胡床：一种可以折叠的轻便坐具，又称"交床"。

登华不注，寺僧留饮，欣然有作

太白题诗挥手去，二千年后更何人。我来乘兴还高咏，山好能游亦夙因[1]。烟水茫茫愁望远，老僧落落[2]不言贫。相逢一笑欢留客，毕竟论交世外[3]真。

【注释】

[1]夙因：前世因缘，前世的根源。

[2]落落：形容孤高，与人难合。

[3]世外：尘世之外，世俗之外。

李隆甲

（一首）

李隆甲，乾隆五十九年（1794年）恩科举人，生平事迹不详。

华不注

单椒拔地出，卓荦复娉婷[1]。势足倚长剑，精疑降列星[2]。岱阴分积翠，湖气动余青。每爱登城望，秋心入杳冥[3]。

【注释】

[1]娉(pīng)婷：姿态美好貌。

[2]列星：天空中定时出现的恒星。

[3]杳冥：极远的地方，诗中指天空高远之处。

李沧瀛

（一首）

李沧瀛（生卒年不详），字东溟，山东章丘人。曾任蠡(lǐ)县知县。著有《春雨楼诗》。

华不注

亭亭华不注，不与众山连。孤嶂插如笔，单椒青接天。寒泉留故迹[1]，战马忆当年。谁访赤松[2]去，前峰横碧烟。

【注释】

[1]故迹：指鞌之战后逢丑父使齐顷公到华泉取水之事。

[2]赤松：古仙人，见前李白《古风》诗注释[3]。

李　图

（一首）

李图（生卒年不详），字少伯，山东掖县（今山东莱州）人。嘉庆十八年（1813年）拔贡，曾任直隶无极县知县。著有《鸿桷斋初刻诗集》。

望华不注

丹椒翠址望若何？大地为茎此一萼。几回清济[1]涸复流，不见此花开且落。却笑太华[2]无贞操，三峰削成元气薄。我欲问山山不语，更千万年形岝㟧[3]。人非独立岂通材，晏婴何愁二惠弱[4]。

【注释】

[1]清济：济水清澈，诗文中常与“浊河”对举。

[2]太华：即西岳华山，在今陕西华阴南。

[3]岝㟧(zuò è)：山石高峻的样子。

[4]这两句是说，人若不能独立，依靠他人是不行的。二惠，指齐惠王的孙子公孙灶和公孙虿(chài)。《左传·昭公三年》：“齐公孙灶卒……晏子曰：‘惜也！……姜族弱矣，而妫将始昌。二惠竞爽，犹可，又弱一个焉，姜其危哉！’”意指在当时齐国姜氏衰弱、妫氏(即田氏)将兴的背景下，二惠都很精明强干，还能维持姜氏政权，而公孙灶去世，姜氏政权就危险了。

李济世

（一首）

李济世，生平事迹不详。著有《啸风吟月稿》。

华不注

惊人开别面，平地见奇峰。犹凛贞臣[1]气，如瞻端士[2]容。荫齐长作镇[3]，拱岱[4]不忘宗。秀色参天半，青垂一朵秾[5]。

【注释】

[1]贞臣：忠贞不二之臣，指逢丑父。

[2]端士：《大戴礼记·保傅》："于是皆选天下端士，孝悌闲博有道术者以辅翼之，使之与太子居处出入，故太子乃目见正事，闻正言，行正道，左视右视前后皆正人，夫习与正人居，不能不正也。"

[3]作镇：镇守一方。

[4]拱岱：拱卫泰山。

[5]秾(nóng)，花木繁盛貌。

李继圣

（二首）

李继圣（生卒年不详），字希天，号振南，湖南常宁人。雍正二年(1724 年)举人，曾任江西万年、广丰知县。著有《寻古斋诗集》。

华不注二首

泰脉分来历下门，嵯峨平野大蟠根[1]。寒侵碧落乌龙枭，迷漫黄昏黑雾屯[2]。往笑齐人惊晋敌，来观湘客[3]愧衡尊[4]。世间铅粉成妖艳，恐被闲花点壁痕。

苍浑从来不注华[5]，昂头天半望弥赊[6]。千峰共折趋溟海，万仞孤撑护落霞。巉削[7]石棱谯橹[8]拥，萧森树影野田斜。玉函[9]相对翔青鸟[10]，还向西风忆汉家[11]。

【注释】

[1]蟠根：谓根脚盘曲深固。这两句是说华不注山是泰山余脉，潜行至此。

[2]句下原注："峰色深墨。"

[3]湘客：作者自称，因作者为湖南人。

[4]衡尊：指衡山，五岳之一，在湖南中部。

[5]句下原注："古注'不'音义为'跗'，余如字读。"

[6]赊：遥远。

[7]巉削：形容山势险峻陡峭。

[8]谯橹：城门上的守望楼。

[9]玉函：玉制的匣子。

[10]青鸟：神话传说中为西王母取食传信的神鸟。

[11]汉家：汉室，汉朝。

何明礼

（一首）

何明礼，生平事迹不详。

华不注

千古兵戈一笑秋，犹传跛子[1]逐三周。天然绿翠芙蓉好[2]，不见题诗李白楼。

【注释】

[1]跛子：跛脚的人，瘸子，指郤克。《春秋穀梁传》中认为郤克一只眼瞎，跛的是卫孙良父，参见前崔振宗《华不注》诗注释[1]。

[2]本句为化用李白诗句“绿翠如芙蓉”。参见前李白《古风》诗。

宋克智

（一首）

宋克智（生卒年不详），字贞子，号垒川，自号浩浩山人，山东牟平人。诸生。著有《拂蝇集》。

华不注

陆海[1]孤峦秀，王孙[2]写不成。翠屏千仞削，花萼一峰明。石秘空青髓[3]，泉浮玉液[4]精。青莲如可作[5]，跨鹿伴君行。

【注释】

[1]陆海：物产富饶之地。《汉书·地理志下》颜师古注：“言其地高陆而饶物产，如海之无所不出，故云陆海。”

[2]王孙：指赵孟頫。赵为宋朝皇室后裔，画有《鹊华秋色图》。

[3]青髓：喻指青碧如玉的泉水。

[4]玉液：泛指甘美的浆汁，也可指道家炼成的仙液。

[5]可作：可以再生、复生。

宋云钦

（一首）

宋云钦（xīn）（生卒年不详），字凝西，号秋岩，山东历城人。康熙五十年（1711年）副榜贡生。著有《秋岩小咏》。

晨起望鹊华

芙蓉秀出碧双峰，苍翠遥连晻霭[1]中。夜里为谁分截断？半沉烟云[2]半浮空。

【注释】

[1]晻霭(ǎn ǎi)：昏暗的云气。

[2]烟云：烟霭云雾。

范　李

（四首）

范李，生平事迹不详。

秋日游鹊华两山

（四首）

青螺[1]点点碧天秋，清气横空足胜游。北郭两峰真秀绝，东山双屐[2]最风流。华跗直与孤云立，鹊壁平从旷野浮[3]。不是弁阳老词客[4]，鸥波图画为谁留。

翠微[5]深处净无尘，成岭成峰[6]面面真。十里云霞开胜地，九秋[7]风日助诗人。浮岚[8]对峙遥通径，流水中分再问津[9]。记否登临三月后，瘦红肥绿媚残春。

石势凌空碧插天，扶筇直上到层巅。恰从烟雨初晴日，快结溪山未了缘[10]。扁鹊烧丹[11]攀古灶，顷公取饮[12]记华泉。振衣千仞情何在，白苎青藤是谪仙。

神秀真堪倚岱宗，又疑太华[13]矗芙蓉。东山更比西山瘦，近岫[14]应怜远岫浓。载酒人来黄叶寺，谈诗客上白云峰。西风落日低城堞[15]，渺渺秋怀[16]更几重。

【注释】

[1]青螺：见前朱畹《雨后城北望鹊华二山，同商鼎元晓涵兄弟》注释[2]。

[2]东山双屐：东晋谢安在金陵城东有别墅，常着屐来此游憩。谢玄等破苻坚，“有驿书至，安方对客围棋，阅书既竟，了无喜色，棋如故。既罢，还内，过户限，心喜甚，不觉屐齿之折”。事见《晋书·谢安传》。

[3]这两句写鹊、华两山的不同形态，华山尖峭，鹊山平顶。

[4]弁阳老词客：指周密(1232～1298)，字公谨，号草窗，晚号弁阳老人、华不注山人，南宋词人。周密祖籍济南，但生长于吴兴，未到过山东。赵孟頫为周密述说济南风光之美，并作《鹊华秋色图》相赠。

[5]翠微：指青翠掩映的山腰幽深处。

[6]成岭成峰：用宋苏轼《题西林壁》诗"横看成岭侧成峰，远近高低各不同"句意。

[7]九秋：指秋天。

[8]浮岚：飘动的山林雾气。

[9]问津：询问渡口。《论语·微子》："长沮、桀溺耦而耕，孔子过之，使子路问津焉。"

[10]未了缘：佛教谓此生没有了却的因缘。

[11]扁鹊烧丹：鹊山之所以得名，据说是先秦名医扁鹊曾在这里炼丹，死后葬在这里。

[12]顷公取饮：《左传·成公二年》："逢丑父与公易位。将及华泉，骖絓于木而止。……丑父使公下，如华泉取饮。郑周父御佐车，宛伐为右，载齐侯以免。"

[13]太华：即西岳华山。

[14]岫(xiù)：本意指山穴，山洞，多用以指山峰。

[15]城堞(dié)：城上的矮墙，也泛指城墙。

[16]秋怀：秋日的思绪情怀。

范秉秀

(一首)

范秉秀(生卒年不详)，字伊璜，号苏溪，贵州铜仁人。康熙二十八年(1689年)拔贡，曾入云贵总督幕府。著有《苏溪诗集》。

华不注[1]

奇峰高插碧云中，一壁嶙峋四望[2]空。闻道三周经战伐[3]，虎牙残垒[4]夜磷红。

【注释】

[1]题下原注："不，音阜。"

[2]四望：眺望四方。

[3]战伐：征战，战争。

[4]垒：军营的墙壁或工事。

马中骥

（一首）

马中骥，生平事迹不详，山东历城人。

秋日游鹊华两山

山蜿蜒复平敞[1]，不注崚嶒竞秋爽[2]。双峰对峙济水分[3]，人与闲云共来往。闲云吹尽淡秋天，翠螺影落明湖边。若从城南望城北，两点点破齐州烟[4]。齐州南山青未了，登临不嫌此山小。碧岑[5]丹磴低平原，木叶亭皋[6]风袅袅。秋风西来吹鬓丝，不曾蜡屐空吟诗。一朝领略两山胜，无愁落日归来迟。

【注释】

[1]蜿蜒：萦回屈曲貌。平敞：平坦宽阔。

[2]崚嶒(líng céng)：高耸突兀。秋爽：秋日的凉爽之气。

[3]双峰对峙济水分：鹊、华二山本隔济水对峙，后黄河决口，夺大清河河道，鹊、华二山就隔黄河对峙了。

[4]齐州烟：鹊山、华山均为"齐烟九点"中的山峰。

[5]碧岑(cén)：青山。

[6]亭皋(gāo)：水边的平地。

郝　筈

（三首）

郝筈(hán)(生卒年不详)，字君实，号餐霞，山东齐河人。诸生。著有《爱吾庐诗集》。

华不注

妇人笑，大夫耻[1]，兵车辚辚[2]清河涘[3]，三周华不鼓声起。齐人败，晋人喜，纪甗玉磬不敢惜，请盟欲质萧叔子[4]。吁嗟怪事胡为此，背城借一[5]不可当，晋人齐人今已矣。

【注释】

[1]这两句写鞌之战的起因。详见《左传·宣公十七年》及前崔振宗《华不注》诗注释[1]

[2]辚辚：象声词，车行声。唐杜甫《兵车行》诗："车辚辚，马萧萧，行人弓箭各在腰。"

[3]涘(sì)：水边。

[4]这四句说的是鞌之战后齐晋双方媾和之事。《左传・成公二年》："齐侯使宾媚人赂以纪甗、玉磬与地。不可，则听客之所为。宾媚人致赂，晋人不可，曰：'必以萧同叔子为质，而使齐之封内尽东其亩。'"

[5]背城借一：背对城墙对敌决一死战，指与敌人作最后决斗。

华不注

（二首）

单椒直上势岧嶤，振策危峦清兴饶[1]。百里风烟随步武[2]，三春花木锁峰腰。掌中太华分孤朵，眼底明河去一条。莫问江南好风景，名山端不亚金焦[3]。

芙蓉绿翠本天成[4]，点破齐烟压郡城。花萼纷披[5]原有路，虎牙杰立独称名。游人几革寻山屐[6]，战士当年班马[7]声。谁把一杯为凭吊，暮云寒水自凄清。

【注释】

[1]饶：富足，多。

[2]步武：脚步。宋陆游《道室杂咏》诗之一："岂但烟霄随步武，故应冰雪换形容。"

[3]金焦：金山与焦山，见前郝箸《华不注》（二首）注释[3]。

[4]天成：不假人工，自然而成。

[5]纷披：盛多貌。唐杜甫《九日寄岑参》："是节东篱菊，纷披为谁秀？"

[6]山屐：登山用的木屐，语出《南史・谢灵运传》。参见前李西堂《秋日同友人登华不注》诗注释[3]。

[7]班马：离群之马。唐李白《送友人》诗："挥手自兹去，萧萧班马鸣。"

耿玉函

（三首）

耿玉函（生卒年不详），字抱冲，号梅溪，山东长清人。乾隆六十年（1795年）举人，官临朐县教谕，著有《抱冲山房诗》。

秋日游鹊华两山

（三首）

鹊华两点翠微中，缭绕秋光望不穷。几缕晴烟遮欲断[1]，半沉林表[2]半浮空。

落木萧萧旅雁[3]哀，好将清兴共登台。会波楼[4]外斜阳暮，一抹山光抱郭来。

危峦双峙势崔嵬，山翠空蒙滴四围[5]。最是秋深黄叶路，无边风雨送人归。

【注释】

[1]遮欲断：遮蔽不见，掩盖消失。

[2]林表：林梢，林外。

[3]旅雁：指秋日南飞的雁群。

[4]会波楼：参见前何邻泉《登会波楼望鹊华二山》注释[1]。

[5]四围：四周，周围。

高望曾

（一首）

高望曾（生卒年不详），字稺颜，号茶盦（ān），浙江仁和人。贡生，曾任福建将乐知县。著有《茶梦盦劫后诗稿》。

济南杂诗

（其三）

鹊华名胜拟金焦[1]，烟外螺鬟[2]两点描。最好看山新雨后，满城岚翠[3]涌如潮。

【注释】

[1]金焦：金山和焦山，见前郝答《华不注（二首）》注释[3]。

[2]螺鬟：螺状的发鬟，这里指山。

[3]岚翠：苍翠色的山雾。

孙国桢

（一首）

孙国桢（生卒年不详），字辅臣，直隶乐亭（今河北唐山）人。光绪九年（1883年）进士。著有《宦学集初编》。

过华山

济南名山各一方，惟华与药相颉颃[1]。华山高耸石泼墨，杂染丹碧涂青苍。

劖刓篆刻芙蓉削，攒簇华萼扬芬芳[2]。药峙三峰如齿序，孤生劲柏凌苍茫。怪石衔垒据百兽，豹罴犀象熊牛羊。两山秀绝极天巧，灵钟多士函文章。世人论山好偏党[3]，鹊华图列遗药冈[4]。鹊宜鹊起乃雌伏，微张其翼焉能翔[5]。我独看山有定论，品题与众殊雌黄[6]。华为伯兄药仲弟，鹊居叔季肩随行[7]。若以匹敌觅侪偶，当在城西山之筐[8]。马鞍千佛[9]亦等耳，一家长幼费评量。说与顽石浑不解，山灵应笑狂夫狂。吟罢仰天忽大笑，但见四山云气争低昂。

【注释】

[1]颉颃（xié háng）：不相上下，相抗衡。

[2]这两句是说华山如同雕刻而出的芙蓉。攒簇：簇聚，簇拥。

[3]偏党：偏向，偏私。

[4]这两句是说，自从赵孟𫖯画《鹊华秋色图》以来，世人多以鹊、华二山并称，而遗忘了药山。

[5]这两句是说，鹊山应当鹊起，而不应该这样平衍。

[6]雌黄：古人写字用黄纸，有误则用雌黄涂抹后改写。这里是说有与众不同的看法。

[7]这两句是将华山、药山、鹊山作了排行。

[8]筐：即匡山，位于济南城区西北隅。因“山石方隅，皆如筐形”，得名筐山，后改称匡山。

[9]马鞍：马鞍山，在今天英雄山风景区内，山形如马鞍，故名。济南另有北马鞍山，在老城区以北，故名，即鞌之战的发生地。千佛：即千佛山。

孙熊兆

（一首）

孙熊兆（? ～1783），乾隆十六年（1751 年）进士，生平事迹不详。

鹊华桥[1]

虹桥[2]跨渌水[3]，桥上见华鹊[4]。黛色入层霄，两峰何戌削[5]。浮云互交通，往来无系着[6]。疑有古仙人，相逐驾白鹤[7]。

【注释】

[1]鹊华桥：参见前朱畹《雨后鹊华桥望华不注》诗注释[1]。

[2]虹桥：拱曲如虹的长桥，鹊华桥本为拱桥。

[3]渌（lù）水：清澈的水。

[4]华鹊：华山与鹊山。

[5]戌削：高耸特立貌。

[6]系着：牵挂，依恋。

[7]这两句是说，天上白云飘浮，疑是仙人驾白鹤相逐。

黄如淦

（一首）

黄如淦(gàn)(生卒年不详)，字豫溪，号冰亭，山东即墨人。岁贡生。著有《学诗草》。

华不注

华山高出入青云，秀色葱茏[1]卓不群。独立一峰东北望，征鸿[2]依旧落纷纷。

【注释】

[1]葱茏：形容草木青翠而茂盛。

[2]征鸿：即征雁，迁徙的雁，多指秋天南飞的雁。

黄锡彤

（一首）

黄锡彤(生卒年不详)，字子受，号晓岱，湖南善化人。咸丰九年(1860年)进士，曾任翰林院编修、福建道监察御史。著有《芝霞庄诗存》。

望华不注

孤峰芳翠合，以外是平廛[1]。飞鸟向空尽，晴光入望[2]圆。三周开战垒，一寺有枯禅[3]。独眺归来倦，村墟[4]起夕烟[5]。

【注释】

[1]廛(chán)：本意是古代城市平民的房地。

[2]晴光：晴朗的日光。入望：进入视野。

[3]枯禅：指老僧。

[4]村墟：村庄。

[5]夕烟：指黄昏时的炊烟。

鹿林松

（一首）

鹿林松（生卒年不详），字木公，号雪樵，山东福山人。诸生。著有《雪樵诗集》。

登华不注

腰脚幸犹健，蹴[1]云云乱飘。此山无倚傍，着我更岧峣[2]。一雁秋风早，三周往事遥。欲寻僧寺宿，霜叶落萧萧[3]。

【注释】

[1]蹴(cù)：踢，踏。

[2]岧峣(tiáo yáo)：见前庞垲《望华不注山》注释[1]。

[3]萧萧：象声词，形容草木摇落的声音。

张廷叙

（一首）

张廷叙（生卒年不详），字惇夫，号讷斋，山东淄川人。诸生。著有《香雪园重订诗》。

望华不注

爱此孤峰秀，终朝看翠鬟[1]。谁将一拳石，留得在人间。白鹿不可见，赤松空复闻[2]。君看山顶上，飞起半天云。战士忆三周，仙人惊一顾。悠然怀古心，目极[3]华山树。拟写翠微姿，屏添云外障。何当学卧游，日在华山上[4]。

【注释】

[1]翠鬟：比喻秀丽的山峦。

[2]这两句化用李白《古风》中的诗句。

[3]目极：用尽目力远望。

[4]以上四句是说想要把华山画下来，可以日日欣赏。卧游，谓欣赏山水画以代浏览。

张应昕

（一首）

张应昕（生卒年不详），字晓峰，山东章丘人。岁贡生。著有《青山著书吟草》。

十月济阴道中望华不注

众山皆如睡，青牛卧不起[1]。惟见一峰孤，特立[2]夕阳里。单椒披冻云，摩天粲不齿[3]。上有往来人，疑是赤松子[4]。

【注释】

[1]青牛卧不起：指卧牛山，距华山约2～3公里，因山势形似卧牛而得名。

[2]特立：独立，挺立。

[3]不齿：不与同列。

[4]赤松子：古仙人，见前李白《古风》诗注释[3]。

陆从桂

（一首）

陆从桂（生卒年不详），字冲默，山东东平人。顺治十六年（1659年）进士，曾任吉安推官。著有《南行集》。

华不注

遥峰积翠点明湖，片片芙蓉入画图。华不注山千古秀，济南名士一亭[1]孤。

【注释】

[1]一亭：指历下亭，位于今济南大明湖东南隅岛上。历下亭是济南名亭，位置几经变迁，北魏至唐代历下亭在五龙潭处。唐天宝四年（745年），杜甫路过济南，北海太守李邕在此亭宴请杜甫及济南名士。杜甫赋《陪李北海宴历下亭》诗，其中有“海右此亭古，济南名士多”的名句。

陈永修

（七首）

陈永修（生卒年不详），字子慎，号西楼，山东历城人。著有《鲍西楼诗草》。

游华不注六言

（六首）

我爱华不注峰，天然绿秀芙蓉。曾经诗咏白也，恨不仙逢赤松[1]。

华泉一掬[2]如昨，丑父孤忠[3]凛然。齐晋三周战迹，春秋千载流传。

单椒秀泽谁分？桀立卓然不群。午夜拟观海日[4]，半天吟看岱云。

人到仙岩而上，身游图画之间。静观众鸟飞尽，独看孤云去闲[5]。
高并鹊山浮黛，遥连河水送青。比如妆淡浓抹，应笑妒生尹邢。
家住鲍山[6]西麓，登华诗忆南丰[7]。叔牙城外高望，一点青来云中。

【注释】

[1]这两句是说，李白曾经赋诗歌咏过华不注山，我来到这里，遗憾没有遇到仙人赤松子。参见前李白《古风》诗。

[2]一掬(jū)：两手所捧(的东西)，也表示少而不定的数量。

[3]孤忠：忠贞自持，不求人体察的节操。

[4]这句是说，登上华山，午夜可见海日，极言华山之高。

[5]这两句化用唐李白《独坐敬亭山》诗“众鸟高飞尽，孤云独去闲”句。

[6]鲍山：位于济南城东约15公里处。相传，附近有一座石城，称“鲍城”，是春秋时齐国大夫鲍叔牙的食邑，山因城得名。

[7]南丰：指曾巩，曾巩为建昌军南丰(今江西南丰)人，世称“南丰先生”。参见前曾巩小传。

重阳前三日游华阳宫[1]即景

时经苦旱又重阳，人到华阳欲断肠。不见仙岩枫叶紫，空怜佛慧[2]菊英黄。碑图五岳垂金石，战逐三周纪阵行[3]。丑父孤忠归逝水，至今泉饮有余香。

【注释】

[1]华阳宫：济南市一处古老的道教宫观，北依华山，南临镜光湖(又称“金光湖”)。创始之初，史无明载。至金兴定四年(1220年)，由丘处机的弟子陈志渊拓建华阳宫，自此渐成规模。

[2]佛慧：即济南大佛头山。

[3]阵行：即行伍。

陈　超

(一首)

陈超(生卒年不详)，字符圃，山东历城人。道光十二年(1886年)举人。著有《元圃诗钞》。

华不注

群山各高卧，华不立而拱。譬人列上公，瞻瞩益修耸[1]。又如耿介[2]士，铁骨万钧重。孤立绝倚傍，独居屏[3]侍奉。长谢附骥[4]徒，乃见仁者勇。我登汇波楼[5]，见之为神动。芙蓉不在水，绿秀天半涌[6]。回首望诸峰，群焉若蠛蠓[7]。我持片语规[8]，山灵之南董[9]。勿以声望高，徒令虚器[10]拥。名山比名材，肯使贤路壅[11]。有容德乃大，无私物自悚。庶几长群山，永宅百揆[12]总。

【注释】

[1]瞻瞩：观看，注视。修耸：高高挺立。

[2]耿介：正直不阿，廉洁自持。

[3]屏（bǐng）：除去，排除。

[4]附骥：即“附骥尾”，蚊蝇附在马的尾巴上，可以远行千里，比喻依附先辈或名人之后而成名。

[5]汇波楼：也作“会波楼”，参见前何邻泉《登会波楼望鹊华二山》注释[1]。

[6]这两句是说，华山如芙蓉，耸出半空中。

[7]蠛蠓（miè měng）：虫名，体微细，将雨，群飞塞路。

[8]片语：简短的话。规：相劝。

[9]南董：春秋时代齐国史官南史氏、晋国史官董狐的合称。皆以直笔不讳著称。

[10]虚器：虚设而不用的器物，意谓形同虚设。

[11]贤路：贤者仕进的机会。壅：堵塞。

[12]永宅：长住永守。百揆（kuí）：百官。

万士炼

（一首）

万士炼（生卒年不详），山东曹县人。著有《仍园集》。

登华不注

众岫[1]惟尊此，十年又一过。泺烟疑结霰[2]，海气欲蒸沱。龙洞[3]独观黑，虬巅鸟聚多。一峰天外矗，风雨老藤萝。

【注释】

[1]岫（xiù）：本意指山穴、山洞，多用于指山峰。

[2]霰（xiàn）：高空中的水蒸气遇到冷空气凝结成的小冰粒。

[3]龙洞：济南近郊东南方向有龙洞山，但此处当指华山上天然形成的山洞。

董　芸

（十首）

董芸(生卒年不详)，字香草，号书农，山东平原人。嘉庆三年(1798年)举人。著有《半隐园诗集》《广齐音》。

华不注歌

扬州罗聘[1]，字两峰，别号“花之寺僧”，博雅工诗，尤长于绘事。岁庚子，与余遇于上谷[2]，余投以诗，有“词客今为五湖长，高人闲似六朝僧”之句，两峰大悦。一夕，泚笔[3]图华不注，云壑窈窕，貌余两人于岩下相遇，作惊喜状。二童子一荷钓竿在前，一抱琴侍于侧，皆伫立倾视，情态生动。以授余曰：吾子，齐人也。而历下为仆旧游地，敢效松雪与弁阳老人[4]故事，写此以赠。余因自号“华峰山人”，而作歌以纪其事。

吾郡莲子湖[5]，湖上莲花峰。一朝移来挂素壁，谁其作者罗江东。岩花与涧草，点缀何丰茸[6]。悬厓峭壁拔地几千尺，虎牙攒刺[7]撑晴空，烟中一朵开芙蓉。定有餐霞人[8]，戴笠支瘦筇[9]。秧针[10]冒水玻璃碧，钓竿拂日珊瑚红。不然跨白鹿，驾言[11]随赤松，掉头一啸排天风。海色东南来，但见苍烟九点一气青蒙蒙。何年与子抱琴石上扫萝径，芒鞋布袜长相从？

【注释】

[1]罗聘(1733～1799)：清代画家，“扬州八怪”之一，画无不工，好游历。

[2]上谷：上谷郡，始建于战国燕昭王时，今河北张家口市宣化区。

[3]泚(cǐ)笔：以笔蘸墨。

[4]松雪：指赵孟頫。弁阳老人：指周密。参见前范李《秋日游鹊华两山》诗注释[4]。

[5]莲子湖：即鹊山湖。汉代以后因济水泛滥，鹊山、华山一带形成湖泊。唐段成式在《酉阳杂俎》中说：“历城北二里，有莲子湖，周环二十里。湖水多莲花，红绿间明，乍疑濯锦。”唐李白有《陪从祖济南太守泛鹊山湖三首》。后在宋、金之际，因开凿小清河，湖面渐渐缩小。到清代时，逐渐干涸。

[6]丰茸：繁密茂盛。

[7]攒刺：群起而刺。

[8]餐霞人：得道成仙的人。

[9]瘦筇：指手杖。筇竹，节高干细，可做手杖，故称“瘦筇”。

[10]秧针：谓初生的稻秧。

[11]驾言：驾，乘车；言，语助词。语本《诗经·邶风·泉水》："驾言出游，以写我忧。"后用以指代出游，出行。魏阮籍《咏怀》："驾言发魏都，南向望吹台。"

游华不注

（三首）

朝出齐川门，遥指华不注。稻花十里香，中有向山路。湖云半阴晴，溪鸟自来去。单椒何秀泽，拔地一峰怒。吾家有玉虬，言访题诗处[1]。

孤峰插天半，杰立森虎牙。我来振金策[2]，高步青莲花。灵岩竞奇秀，瑶草[3]纷烟霞。昔有白鹿翁，服食[4]成丹砂。太白[5]今不作，望古长咨嗟。

游山如读书，随人作深浅。当其快意时，佳境每忘返。苍然暮色至，落日空山晚。粥鼓[6]响云林，且共山僧饭。

【注释】

[1]诗下原注："董侍御文骥有刻石诗最工。"董文骥（1623～1685），字玉虬，江苏武进人，清初著名诗人，见前小传。

[2]金策：禅杖，僧人所持。

[3]瑶草：泛指珍美的草。

[4]服食：服用丹药，道家养生术之一。

[5]太白：当指唐人李白，字太白。这几句化用李白《古风》诗句。

[6]粥鼓：寺庙里集合僧众食粥时击鼓。

华阳宫

当窗削出绿芙蓉，占断华阳第一峰。涧道[1]远随流水去，岩扉[2]疑有白云封。高歌且贳[3]村中酒，短榻[4]初闻定后[5]钟。回首风尘空扰扰[6]，几人林下得从容[7]。

【注释】

[1]涧道：山涧通道。

[2]岩扉：岩洞的门。

[3]贳（shì）：本意为出租、出借，后引申为与之相关的经济活动。意为出赁、赊欠。

[4]短榻：低矮的卧榻。

[5]定后：人定以后。古人将一昼夜划分为十二个时辰，其中人定为现在晚九点到晚十一点之间。

[6]扰扰：纷乱貌，烦乱貌。

[7]从容：悠闲舒缓，不慌不忙。

华不注行

君不见，华不注，高插天，其中有水名华泉，三周往事空云烟。齐侯骄，郤子[1]耻，丑父甘心代公死。纪甗与玉磬[2]，惜哉徒为尔。跛者执辔跛者登，妇人帷房笑不止。始祸者谁？乃在寡君之母萧同叔子[3]。吁嗟乎，怨毒于人一至此！

【注释】

[1]郤子：指郤克，鞌之战中晋军主帅。

[2]纪甗与玉磬：指鞌之战后，齐国为与晋国议和所献贿赂。详见《左传·成公二年》。

[3]以上四句是说鞌之战的起因，可以参见前崔振宗《华不注》诗注释[1]。

回车涧[1]

碧涧郁岩嵬，云是回车所。韩厥拜马前，易位由丑父[2]。轏中蛇伤肱[3]，胡为匿不语？御敌既未能，推车复多阻。悲哉烈士心，杀身犹无补。苟活况偷生，幸免尔何取。智勇两俱失，军败终误主[4]。宁如汉纪信，一死能诳楚[5]。

【注释】

[1]回车涧：华不注西有“回车涧”，参见前毛大瀛《登华不注绝顶放歌》诗注释[4]。

[2]这两句是说，在敌方将领韩厥追上来时，逢丑父与齐顷公异位，顶替齐顷公被俘。事详《左传·成公二年》。

[3]《左传·成公二年》：“将及华泉，骖絓于木而止。丑父寝于轏中，蛇出于其下，以肱击之，伤而匿之，故不能推车而及。”轏(zhàn)：古代用竹木条做成的车。

[4]以上几句是对逢丑父发表了不同的看法。一般认为逢丑父在危难之中与齐顷公交换位置，替国君被俘，是忠勇之人；而作者认为逢丑父被蛇咬伤而不报告，结果既不能御敌，又不能推车，这才导致了最后齐顷公几乎被俘。

[5]纪信：见前史梦兰《游华不注山》诗注释[6]。

华不注奇石歌

蓬莱三山失左股，白日飞来插平楚[1]。举头天外落空青，莲花一朵烟中吐。

麻姑惯狡狯[2]，袖米[3]思一掷。忽见高下参差千万堆，洒向岩前作奇石。神鞭[4]不敢驱，犹带海风湿。仙人叱起忽成羊[5]，林下长眠人不识。怒者如奔马，错者如犬牙，横者如折带，乱者如披麻。或高而如抗，或抑而如坠，或如几案平，或如矛戟锐。其余有口不遑数，顿觉东西南北失向背。直北[6]一石如半桃，旁衔碎叶结蒂牢。三石下支嵌成广，疑是神工鬼斧穷镌雕。噫吁戏！我欲叩天而问：胡不遣屏翳[7]，役丰隆[8]，巨灵[9]前导，五丁[10]后从，再使鹊湖万顷流淙淙，七十二泉来朝宗，渔村蟹舍烟蒙蒙，荡舟女儿采芙蓉。此时青螺一点浮水面，云根[11]穿漏成玲珑。悬以千尺飞流之瀑布，挂以苍皮黛色万年不死之长松，令我大笑开心胸。奈何哉！崖日炙，岩溜穿，苔花绣涩成斑斑。弃置无人顾，终古埋空山，但有樵夫牧竖歌吟上下于其间。石乎！石乎！此生谅不能兴云肤寸[12]作霖雨，笑尔区区如我顽！

【注释】

[1]平楚：犹平野。宋文天祥《汶阳道中》："平楚渺四极，雪风迷远天。"

[2]麻姑：神话中的仙女名。传说东汉桓帝时曾应仙人王远召，降于蔡经家，为一美丽女子，年方十八九岁，手纤长似鸟爪。事见晋葛洪《神仙传》。狡狯：游戏，玩笑。

[3]袖米：传说麻姑能掷米成珠，为种种变化之术。

[4]神鞭：指赶山鞭，中国民间传说。鲁迅《古小说钩沉》辑《三齐要略》云："始皇作石桥，欲过海观日出处。时有神人，能驱石下海，石去不速，神人辄鞭之，至今悉赤。阳城山上石，皆起立东倾，如相随状，至今犹尔。"

[5]叱起忽成羊：指黄初平叱石成羊事。参见前朱琦《登华不注二首》注释[2]。

[6]直北：即正北。

[7]屏翳：古代传说中的云神。

[8]丰隆：古代神话中的雷神。

[9]巨灵：神话传说中劈开华山的河神。

[10]五丁：神话传说中的五个力士。

[11]云根：指山石。

[12]兴云肤寸：肤寸，古代长度单位，一指的宽度为寸，一肤等于四寸。语出《春秋公羊传·僖公三十一年》："触石而出，肤寸而合，不崇朝而遍雨乎天下者，唯泰山尔。"

华不注

华不注，见《左氏传》，为历下名山，一名"金舆"，俗呼"华山"。伏琛《三齐记》:"不"音"跗",读如"鄂不韡韡"之"不",谓花蒂也。言此山之孤秀,如华跗之注于水也。《水经注》:"单椒秀泽,不连邱陵以自高,虎牙桀立,孤峰特拔以刺天。青崖翠发,望同点黛。"形容之工,语言真妙天下。

芙蓉绿秀雨中鲜,俯视齐州九点烟[1]。何处仙人骑白鹿?乘风一问李青莲[2]。

【注释】

[1]齐州九点烟:语出李贺《梦天》:"遥望齐州九点烟"。

[2]李青莲:唐诗人李白,号青莲居士。这两句化用唐李白《古风》诗。

华　泉

华泉其涸已久,余尝读书华阳宫,访之土人,竟莫能知其处。边尚书[1]庭实世居泉上,故自号"华泉"。其先世本淮阴人,六世祖朝用,元至正兵乱,避地历城华不注山之阳,因冒姓王氏。子一诚始复边姓,载李廷相[2]所撰《神道碑》。又尚书仲子习,字仲学,号南洲,穷而工诗,以诸生终,尝有"野风欲落帽,林雨忽沾衣"之句,渔洋剧赏之,为刻《睡足轩诗》一卷附《华泉集》后。

华泉五字抵长城[3],疏越朱弦渺正声[4]。却惜野风林雨句,折君官职得诗名[5]。

【注释】

[1]边尚书:即边贡,字廷实,号华泉,山东历城人,明朝著名诗人,明朝文坛"前七子"之一。见前小传。

[2]李廷相(1485～1544):字梦弼,明濮阳开州(今河南濮阳)人,藏书家。官至户部尚书。

[3]华泉:当指边贡的儿子边习。五字:指五言诗。长城:喻指可资倚重的人或坚不可摧的力量。

[4]疏越:疏通瑟底之孔,使声音舒缓,后用以指悠扬、隽永。朱弦:用熟丝制的琴弦,泛指琴瑟类弦乐器。正声:正风,雅正的诗篇。

[5]这两句是说边习能写出优秀的诗句,是付出了穷困一生的代价。

单映奎

(一首)

单映奎(生卒年不详),字竹溪,号北海,山东高密人。诸生。著有《忍庐吟草》。

华不注

驱尽烟与云，洗净红与紫[1]。独起一条青，直到九霄[2]里。

【注释】

[1]红与紫：疑指山花。

[2]九霄：天之极高处，高空。

乔　岳

（一首）

乔岳（生卒年不详），字松石，山东历城人。诸生。著有《松石诗钞》。

望华不注山

群山尾岱走东西，劲气[1]锥空此结脐。二水[2]清波浸孤嶂，一天秋色锁三齐[3]。青莲白鹿[4]谁堪借，黄菊丹枫望转迷。我欲华严宫[5]里醉，划然[6]长啸海云低。

【注释】

[1]劲气：刚强正直的气概。

[2]二水：华不注山下原有大清河、小清河两条河流，清咸丰五年（1855 年）黄河决口后，夺大清河河道入渤海，华不注山下二水遂为黄河、小清河。

[3]三齐：秦亡后，项羽以齐国故地分立齐、胶东、济北三国，后遂泛称“三齐”。

[4]青莲白鹿：用李白《古风》诗意，参见前李白《古风》诗。

[5]华严宫：佛教有《华严经》，有华严宗，也可指华严宗所说的大乘境界。此处疑指华不注山下的华阳宫。

[6]划然：象声形容词，宋苏轼《后赤壁赋》：“划然长啸，草木震动，山鸣谷应，风起水涌。”

劳尔业

（一首）

劳尔业，生平事迹不详。

华不注

主客势攸分，物情[1]常趋热。此都有历山[2]，群峰乱迎谒[3]。近者若拱揖[4],远者如蹩躠[5]。华山犹高士,傲然意不屑[6]。独立千万寻[7],意态雄且杰。冈峦绝依附,巉巉见高洁。怪石何槎枒[8],十步纡九折。我来常再拜,磊落[9]仰高节。会当登其巅,乘风翔玉阙[10]。

【注释】

[1]物情:物理人情,世情。

[2]历山:即千佛山,古称历山,又曾名“舜山”“舜耕山”,位于济南市中心南部,是济南名胜之一。

[3]迎谒:迎接谒见。

[4]拱揖:拱手作揖以示敬意。

[5]蹩躠(bié xiè):奔走,奔波。

[6]不屑:形容轻视。

[7]寻:古代的长度单位,一寻等于八尺。

[8]槎枒(chá yá):形容错落不齐之状。

[9]磊落:山高大貌。

[10]玉阙:传说中天帝、仙人所居的宫阙。

冯湘舲

(一首)

冯湘舲,生平事迹不详。

汇波楼[1]望华不注

楼头尽见三周地[2],一朵芙蓉十丈开。瘦骨撑青如削出,单椒点黛欲浮来。红墙寺自疏林露,黄笠僧寻别涧回。酾酒[3]旷怀逢丑父,蘋蘩[4]香送水云隈[5]。

【注释】

[1]汇波楼:见前何邻泉《登会波楼望鹊华二山》诗注释[1]。

[2]三周地:指华不注山。因齐晋鞌之战中曾“三周华不注”,故称。

[3]酾(shī)酒:斟酒。

[4]蘋蘩:蘋和蘩,两种可供食用的水草,古代常用于祭祀。

[5]隈(wēi):山水等弯曲的地方。

靳文锐

(一首)

靳文锐,嘉庆元年(1796年)进士,生平事迹不详。

游华不注

悬崖下晚樵，归云暮相逐。门前大河水，松涛何谡谡[1]。清泉白石间，惟欠数竿竹。我生宜肥遁[2]，此地堪卜筑[3]。何事买青山，但就支公[4]宿。

【注释】

[1]松涛：风撼松林，声如波涛，因称松涛。谡谡（sù sù）：劲风声。

[2]肥遁（dùn）：《易·遁》："上九，肥遯，无不利。"孔颖达疏："上九最在外极，无应于内，心无疑顾，是遯之最优，故曰肥遯。"后因称退隐为"肥遁"。

[3]卜筑：择地修建住宅，即定居之意。

[4]支公：即晋高僧支遁，字道林，时人也称"林公"，精研《庄子》与《维摩经》，擅清谈。当时名流谢安、王羲之等均与之为友。后世亦用来泛指高僧。

杨德昭

（二首）

杨德昭（生卒年不详），字用晦，山东历城人。诸生。著有《东皋书屋遗稿》。

登华不注

孤峰天际出，绝顶一盘桓[1]。昌雾冠缨[2]湿，冲霜屐齿[3]寒。目穷沧海外，身置白云端。独领超然[4]趣，危吟[5]动谢安[6]。

【注释】

[1]盘桓：徘徊，逗留。

[2]冠缨：帽带，结于颔下，使帽固定于头上。

[3]屐齿：屐底的齿。

[4]超然：谓离尘脱俗。

[5]危吟：即高吟。

[6]谢安（320～385）：字安石，陈郡阳夏（今河南太康）人。东晋政治家、名士。

早春登华不注

超然物表接冥冥[1]，才到中峰[2]眼已青。抱郭群山朝北极，穿桥一水达东溟[3]。天边雁度春云乱，阁上仙归夕照扃[4]。坐久能教尘虑[5]淡，松风鸟韵洗心[6]听。

【注释】

[1]冥冥：指高远的空际。

[2]中峰：半山，山腰。

[3]东溟：东海。

[4]扃(jiōng)：上闩，关门。

[5]尘虑：俗念。

[6]洗心：洗涤心胸，比喻除去杂念。

杨 潾

（一首）

杨潾（生卒年不详），字怡园，山东长清人。嘉庆六年（1801 年）举人，曾任泗水教谕。著有《却扫斋学诗草》。

出齐川门[1]经华不注下口号

城市嚣尘渐远余，眼前秋色落金舆[2]。登堂笑客[3]成何事？涧草犹回薄笨车[4]。

【注释】

[1]齐川门：济南明代府城的东门，济南人俗称“老东门”。

[2]句下原注：“华不注，一名金舆。”

[3]登堂笑客：指引发鞌之战的外交事件。详见《左传·宣公十七年》及前崔振宗《华不注》诗注释[1]。

[4]薄笨车：一种制作粗简、行驶不快的车子，此处应是指作者当时所乘之车。

赵 宪

（一首）

赵宪，生平事迹不详。著有《宝芝堂集》。

华不注下作

插天突兀表孤岑，一朵芙蓉出万寻。不借因依[1]成峻拔，自标骨格[2]树崎嵚。层层螺髻云烟袅，簇簇蚕丛[3]岁月深。会有仙人赤松子，借骑白鹿上头吟[4]。

【注释】

[1]因依：倚傍，依托。

[2]骨格：骨气，品格。

[3]蚕丛：相传蜀王的先祖，教人蚕桑，后借指蜀地。李白《蜀道难》诗："蚕丛及鱼凫，开国何茫然。"此处疑指华不注山山路之崎岖。

[4]这两句化用李白《古风》诗。

蒋　楷

（二首）

蒋楷(1853～1912)，字则先，湖北荆门人。光绪十一年(1885年)拔贡，曾任濮州知府。著有《那处诗钞》。

自姚工回济南见华山作

疏林放出好峰峦，知有征夫岁莫[1]还。无数人家遮不住，一村落外一华山。

【注释】

[1]征夫：远行的人。岁莫：即岁暮。莫，通"暮"。

泺口渡河望鹊华二山作

鹊山如鹊，不能奋飞；华山如华，含苞未开[1]。两山中间，盈盈一水。大河挟之，以走东海[2]。浪高于堤，堤高于屋。蛟龙刀俎，生民鱼肉[3]。东人更东，西人更西。一华一鹊，终古不迁。

【注释】

[1]这四句讲鹊山、华山各如其名。

[2]这四句讲鹊、华二山之间原有大清河，因黄河改道夺大清河故道以入渤海。

[3]这两句是说，因黄河含沙量高，长期以来形成地上悬河，由此引发的黄河水患严重威胁人民生活。

廖炳奎

（一首）

廖炳奎，生平事迹不详。

华不注

奇峰拔地耸荦埆[1],莲瓣飞来风摧剥[2]。当年战士绕三周,此日画工描一角。玉函岚护绿莎洲,金舆秀入汇波楼[3]。谁蘸椽笔题醉墨[4],写出鹊华烟雨秋。

【注释】

[1]荦埆(què):又作"荦确",怪石嶙峋貌。

[2]摧剥:犹摧残。

[3]金舆:华不注山又称"金舆山"。汇波楼:见前何邻泉《登会波楼望鹊华二山》诗注释[1]。

[4]椽(chuán)笔:《晋书·王珣传》:"珣梦人以大笔如椽与之。"后因以"椽笔"指大手笔,称誉他人文笔出众。醉墨:谓醉中所作的诗画。

邓廷法

（一首）

邓廷法,生平事迹不详,山东高密人,著有《天籁集》。

咏华不注

曾经华不注,始信是奇峰。立地根疑削[1],通霄顶欲冲。浑然结元气,孤立[2]仰高踪。遥指三周迹,青莲未改容[3]。

【注释】

[1]这句是说华山峻拔。

[2]孤立:独立,无所依傍。

[3]青莲:即指华山。改容:改变仪容,变了样子。

邓嘉缉

（二首）

邓嘉缉(生卒年不详),字熙之,江苏江宁(今江苏南京)人。同治十二年(1873年)优贡,曾官候选训导。著有《扁善斋诗存》。

蒙山[1]立马

齐州烟霭正蒙蒙,策马来听万壑风。试问亭亭[2]华不注,谁能孤立倚秋空?

【注释】

[1]蒙山：古称东蒙，是沂蒙山区最高大的山脉。《论语·季氏》："夫颛臾，昔者先王以为东蒙主。"

[2]亭亭：直立貌，独立貌。

题楚宝《济上鸿泥》十二咏·华峰挹爽

卓哉华不注，耸立云外天。摊书终日对，浓翠泼檐前。静逸如可挹[1]，孤高自成妍。猗嗟独秀[2]人，把臂结胜缘[3]。

【注释】

[1]挹(yì)：舀，把液体盛出来。

[2]猗嗟(yī jiē)：叹词，表示赞叹。独秀：特别突出、超群出众。

[3]把臂：握持手臂，表示亲密。结胜缘：佛教语，结善缘。

鲍瑞骏

（一首）

鲍瑞骏(1808～1883)，字桐舟，号渔梁山樵，安徽歙县人。清道光二十三年(1843年)举人，曾任山东馆陶、黄县知县。著有《桐华舸诗钞》。

雨后望华不注

一角危亭[1]倚半峰，小桥行尽入深松。朱阑欲湿斜阳影，尚有云来护晚钟[2]。

【注释】

[1]危亭：耸立于高处的亭子。

[2]晚钟：傍晚的钟声。

刘伍宽

（一首）

刘伍宽(1679～1746)，字蒲若，号此亭，山东历城人，"历城三子"之一。雍正七年(1729年)拔贡，晚年选教谕，不就。著有《海右草堂集》。

登华不注

一点芙蓉耸太空，高随飞鸟步蚕丛[1]。河流[2]低绕红楼院，岱色遥收紫极宫[3]。金辇还传寒涧侧，玉萧[4]谁弄夕阳中。不须谢朓[5]惊人句，呼吸唯教帝座[6]通。

【注释】

[1]蚕丛：见前赵宪《华不注下作》注释[3]。

[2]河流：指黄河，华不注山下不远处即为黄河。

[3]紫极宫：唐代重道教，尊奉老子为玄元皇帝，唐玄宗时于两京及诸州置玄元皇帝庙。京师号玄元宫，诸州号紫极宫。

[4]玉萧：应为“玉箫”之误。

[5]谢朓(464～499)：字玄晖，陈郡阳夏(今河南太康)人。南朝齐杰出的山水诗人，与谢灵运同族，称“小谢”。

[6]帝座：亦作“帝坐”。古星名，属天市垣，即武仙座α星。

潘遵鼎

(一首)

潘遵鼎(生卒年不详)，字铁庵，山东济宁人。著有《铁庵诗草》。

行经华不注

秋色满天地，苍然见小华[1]。半林黄叶外，几点碧云[2]遮。一柱撑齐境，三周忆晋车。纷纷成往事，客路感虫沙[3]。

【注释】

[1]小华：指华不注山。与西岳华山相比，故称“小华”。

[2]碧云：青云，碧空中的云。

[3]虫沙：比喻战死的兵卒，亦泛指死于战乱者。

郑毓本

(一首)

郑毓本(生卒年不详)，字子初，号梅坡，别号葱僧，山东滋阳(今山东兖州)人。著有《醉月窗未定草》。

望华山

湿云漠漠护行旌[1]，晓过龙山[2]马足轻。我坐车中如画里，华山含笑早相迎。

【注释】

[1]行旌：旧指官员出行时的旗帜，亦泛指出行时的仪仗。

[2]龙山：今济南章丘区有龙山镇，有著名的龙山文化遗址。

郑　鸿

（二首）

郑鸿（生卒年不详），字伯臣，山东曲阜人。诸生。著有《怀雅堂诗存》。

华不注华阳观读明郑虚亭侍御诗碣次韵和之，与兰旌步云同作

（二首）

相约看山去，秋郊满夕阳。攀萝寻石磴，隔树见湖光。老衲[1]逢人喜，村童叱犊忙。探奇心未已，乘兴上高冈。

绿柳阴浓处，溪边更买舟[2]。余霞烘落日，好景在深秋。野曲听芦管，狂歌醉玉瓯[3]。奔忙殊自笑，稳睡羡沙鸥[4]。

【注释】

[1]老衲：年老的僧人，亦可用于老僧自称，亦有借用于道士者。

[2]买舟：雇船。

[3]玉瓯（ōu）：杯盂一类的精美盛器。

[4]沙鸥：栖息于沙滩、沙洲上的鸥鸟。

萧与澄

（一首）

萧与澄，山东德州人，生平事迹不详。

秋日游鹊华两山

拾级凭陵[1]屐未停，两峰卓立插青冥[2]。莲峰一朵跗明水，神鹊千年注地经[3]。缘径䅟[4]花沾露冷，满林风叶入秋听。青藤白苎[5]人何处？唯有松涛起翠屏。

【注释】

[1]凭陵：逾越，登临其上。

[2]青冥：形容青苍幽远，指青天。

[3]地经：犹地图。

[4]蒋(bài)：古同“稗”，一年生禾本科稗属植物。

[5]白苎(zhù)：亦作“白苧”，白色的苎麻。

边浴礼

(一首)

边浴礼(生卒年不详)，字夔友，号袖石，河北任丘人。曾任翰林院编修、河南布政使。著有《健修堂诗集》。

明湖杂诗十一首

(其四)

背郭奇峰华不注，虎牙桀立一单椒。俛[1]窥湖面似螺髻[2]，碧玉搔头[3]时动摇。

【注释】

[1]俛：同“俯”。

[2]螺髻：螺壳状的发髻。

[3]搔头：簪的别称。

释清恒

(一首)

释清恒，生平事迹不详。

登华顶次卍香旧韵

踏遍崎岖路万千，同扶竹杖上华巅。平生到此无遗恨，绝顶何人可并肩。沧海一杯浮晓日，齐州九点散苍烟[1]。茅篷住抵琼楼[2]好，半是飞仙半谪仙。

【注释】

[1]这两句诗化用唐李贺《梦天》一诗中“遥望齐州九点烟，一泓海水杯中泻”句。

[2]琼楼：形容华美的建筑物，诗文中有时指仙宫中的楼台。

钟廷瑛

(一首)

钟廷瑛(生卒年不详)，字退轩，历城人，乾隆三十五年(1770年)举人，曾官黟(yī)县知县。著有《退轩诗录》。

同人[1]登华不注，小饮吕仙阁[2]

两屐追攀到上方，玉瓯满泛鸭头[3]香。海门[4]风雨通群帝[5]，古壁丹青幻夕阳。清济[6]流分巴字[7]远，故园心折岱宗长。青龙白虎[8]俱陈迹，何处仙源问渺茫。

【注释】

[1]同人：志同道合的朋友。

[2]吕仙阁：华不注山间有吕祖庙。

[3]鸭头：鸭头色绿，形容水色或酒色。

[4]海门：海口，内河通海之处。

[5]群帝：道家谓五方之帝。

[6]清济：济水清澈，诗文中常与浊河对举。

[7]巴字：巴江或巴峡，曲折似“巴”字，喻指水流曲折。

[8]青龙白虎：疑指道教炼丹用的丹砂、汞之属。唐吕岩《五言》之十四：“青龙精是汞，白虎水为铅。”

朝　鲜

李民宬

（一首）

李民宬（1570～1629），字宽甫，号敬亭，朝鲜人。曾出使中国。著有《敬亭集》《敬亭续集》。

华不注行

在济南府城东北一十五里，玉皇庙、吕公堂在焉。土人谓之华山，盖讹传也。姑依所传，戏以赋之。

昔诵青莲诗，登华不注峰。兹山何秀峻，苍翠如芙蓉。[1]偶逢绿毛[2]女，知是逃秦宫。授余度世诀，含笑愿相从。逋来三千年，蓬莱水清浅。乘槎[3]朝玉京，跋涉齐鲁半。忽见真面目，使我转清眄。无乃巨灵[4]氏，擘开山一面。一在历城傍，一在华阳乡。我欲攀明星，稽首祈玉皇[5]。穷窿度石坛，俯瞰吕公堂[6]。玉女窗犹存，碧霞生氤氲。手中绿玉杖[7]，柱倒洗头盆[8]。神通两无碍，恍惚安可言。飞章[9]碧峰里，要与道友[10]论。

【注释】

[1]首四句化用唐李白《古风》诗，参见前李白诗。

[2]绿毛：指仙人身上的绿色毛发。相传汉刘根得道后，体生绿毛。

[3]乘槎(chá)：乘坐竹、木筏。传说天河与海通，有人居海渚者，年年八月见有浮槎去来，不失期，遂立飞阁于槎上，乘槎浮海而至天河，遇织女、牵牛。见晋张华《博物志》卷三。

[4]巨灵：神话传说中劈开华山的河神。

[5]玉皇：道教称天帝曰玉皇大帝，简称玉帝、玉皇。

[6]吕公堂：即华不注山间的吕祖庙。

[7]绿玉杖：传说中仙人所用的手杖。唐李白《庐山谣寄卢侍御虚舟》诗："我本楚狂人，凤歌笑孔丘。手持绿玉杖，朝别黄鹤楼。"

[8]洗头盆：玉女洗头盆在西岳华山中峰玉女祠南的崖石上，传说是弄玉洗发的地方，故得名。唐杜甫《望岳》诗之二："安得仙人九节杖，拄到玉女洗头盆。"

[9]飞章：报告急变或急事的奏章。

[10]道友：一起修道的朋友。

金尚宪

(一首)

金尚宪(1570～1652)，字叔度，号清阴，朝鲜人。曾出使中国。著有《清阴集》《野人谈录》。

华不注山

我吟谪仙诗上语，梦想兹山几年所[1]。一朝忽然身到此，是耶非耶疑梦里。莲花独秀大野中，解道[2]绿翠如芙蓉。谪仙去后三千载，山色久属沧溟翁[3]。我来溟翁已无在，怊怅[4]英豪不相待。人生过鸟天地长，有此宇宙山不改。为向山灵酹[5]一杯，海雨飒飒[6]天风来。

【注释】

[1]年所：年数。

[2]解道：懂得，知道。这两句是说看到华不注山，才懂得李白为什么写“绿翠如芙蓉”。

[3]沧溟翁：即明代文学家李攀龙，字于鳞，号沧溟。见前小传。

[4]怊怅(chāo chàng)：犹惆怅。

[5]酹(lèi)：将酒倒在地上表示祭奠或立誓。

[6]飒飒：象声词。《楚辞·山鬼》：“风飒飒兮木萧萧，思公子兮徒离忧。”

散文

元代

王恽

（一篇）

王恽(1227～1304)，小传见前诗歌部分。

游华不注记

济南山水可游观者甚富[1]，而华峰、泺源[2]为之冠。余到官[3]八月，湖光山色，朝夕与对于庭户几席间[4]，若无所睹，心有所不在焉，然每以历居卑湿为念[5]。或有云"堰头"[6]者，乃自昔[7]濼引[8]诸泉入大清[9]之峻口[10]也；一锸之力，不崇朝可彻而陆之[11]，常欲一往而未遑[12]也。冷灶节[13]得暇且宽[14]，宪使[15]耶律君邀余暨签书[16]杜君为兹山游，且寻堰头之盟诸[17]焉。

逮十有一日[18]，遂自历下亭登舟，乱[19]大明湖，经会波楼下，出水门[20]，入废齐漕渠[21]，所谓小清河者是也。泛滟[22]东行约里余，运肘[23]而北，水渐弥漫，北际[24]黄台，东连叠径，悉为稻畦莲荡[25]，水村渔舍，间错烟际[26]，真画帧[27]也！于是绿萍荡桨[28]，白鸟[29]前导，北望长吟，华之风烟胜赏[30]，尽在吾目中矣。是日也，天朗气淑[31]，清风徐来，水平不波，鸣丝歌板[32]，响动林谷。举酒相属[33]，开口而噱[34]。少顷，扶掖[35]登岸，相与步入华阳道观[36]。主人方布几延宾[37]，仆以疾作遽还，二君为愀然[38]也。至于罔[39]获陟连云绝顶[40]，追谪仙之逸驾[41]，叫苍梧之暮云[42]，富览[43]江山以尽游观之美，特[44]闲适余事。初不讶[45]其从违[46]，正恐山灵独回俗驾[47]，造物者有所靳[48]耳。

既归，伏卧舟中，怦怦焉[49]如宿酲[50]在怀，殊伊郁[51]也。但闻两舷间风水之声，自宫自商[52]，拍拍盈耳，殆魏献子之歌钟[53]，石钟山之水乐[54]也。且念华峰之胜，乐在近郊，因以步里计之，自历亭北至华阳院下，廿里而远；由水门抵黄台北渚[55]，十八里而近。以苇汀渔箔[56]，周折湾溆[57]，从城东北阿[58]至舣[59]舟山家[60]，盖且十曲矣[61]。

时至元甲申[62]清明前一日也。谨记。

【注释】

[1]富：丰富，多。

[2]华峰:华不注山。泺(luò)源:泺水源头,指趵突泉。

[3]到官:到任,上任。

[4]元初按察司衙署在大明湖南岸,面山临水,足不出户即可尽赏湖光山色。庭户:官署,此处指王恽居官之所,即按察司衙署。几席:几和席,为古人倚靠、坐卧的器具。

[5]此句意谓面对湖光山色,视若无睹,没有心绪欣赏,只是常为历下(今山东济南)居低湿之处忧虑。卑湿:地势低下潮湿。

[6]堰头:挡水的低坝顶,此处所指在泺水流入大清河(今黄河)处,即今泺口,亦称“下泺堰”。

[7]自昔:往昔,从前。

[8]潨(cōng)引:聚引。潨,小水流入大水,亦指众水相会处。

[9]大清:即大清河。

[10]峻口:水急而狭窄的河口。

[11]此句意谓不用费多大劲儿和多少时间,即可把入河口疏通,把堰头铲平。一锸(chā)之力:形容不费力。锸,铁锹。崇朝:终朝,从天亮到早饭时,亦称喻时间短暂,犹言一个早晨。崇,通“终”。彻:通。陆之:意谓把堰头铲为平地。陆,平地。

[12]未遑(huáng):没有时间顾及,来不及。遑,闲暇,余裕。

[13]冷灶节:即寒食节,清明节前二日。《荆楚岁时记》说,寒食要禁火三日。

[14]得暇且宽:有空闲并且时间宽裕。

[15]宪使:提刑按察使。宋代称按察司为“宪司”,元初仍其旧。

[16]签书:官名,宋代枢密使的副官,掌管办理军事文书事宜。本作“签署”,宋人因避英宗(赵曙)讳,改作“签书”,元初仍其旧。

[17]盟诸:誓约,约定,指上文“常欲一往”而言。

[18]逮:及,等到。十有一日:即“十又一日”,十一日。

[19]乱:横渡。《尚书·禹贡》:“乱于河。”孔安国传:“绝流曰乱。”

[20]水门:即大明湖北水门,济南泉水汇而为渠,环城之西北,故北城之下疏为门以泄之。宋代曾巩知齐州时曾改造北水门,因其旧门,加筑水闸,方便开闭,以调节水量。

[21]废齐漕渠:指刘豫为疏通济南水道开凿的小清河。废齐,北宋灭亡后,叛将刘豫在金人扶持下,在大名府(今河北大名)建立大齐傀儡政权,后又被金人所废,故称“废齐”。漕渠,人工挖掘或疏浚的主要用于漕运的河道。

[22]泛滟(yàn):同“汎滟”,浮光闪耀的样子,此处意谓泛舟于波光粼粼的水面。

[23]运肘:转肘,喻转弯。

[24]际:交界,连接。

[25]稻畦:稻田。莲荡:荷塘。荡,浅水湖,沼泽。

[26]此句意谓间隔镶嵌在云烟之中。错:镶嵌。

[27]画帧:图画。

[28]绿萍荡桨:在长满绿萍的水中荡舟。

[29]白鸟:似指白鹭之类的小鸟。

[30]华之风烟胜赏:华不注山的风光云烟、美景佳色。

[31]气淑:天气温和。

[32]鸣丝:弹奏琴弦。歌板:即拍板,乐器,歌唱时用以打拍子。

[33]相属(zhǔ):相互劝饮。

[34]噱(jué):大笑。

[35]扶掖:搀扶。

[36]华阳道观:即华阳宫,金代兴定四年(1220 年),由丘处机的弟子陈志渊在华山之阳拓建,为济南现存规模最大的古建筑群。

[37]此句意谓主人正布置桌案,宴请宾客。

[38]愀(qiǎo)然:容色改变,忧虑的样子。

[39]罔:没,不。陟:由低处向高处走。

[40]连云绝顶:耸入云霄的山顶,形容华不注山峰顶之高。

[41]此句意谓追寻李白乘鹿凌空的超逸踪迹。李白曾登临华不注山,留有"昔我游齐都"的《古风》诗。

[42]古时相传白云出自苍梧,入于大梁,此指笼罩在华不注山顶上的云。苍梧,山名,又名九嶷山,在湖南宁远东南,虞舜南巡,崩于苍梧之野。

[43]富览:饱览。

[44]特:只,只是。

[45]讶:同"迓",预料。

[46]从违:顺逆。

[47]回:拒绝。俗驾:与上文"逸驾"相对,指自己的到访。

[48]靳(jìn):吝惜。

[49]怦怦焉:怦怦然,心跳的声音。

[50]宿酲(chéng):犹宿醉,谓经宿尚未全醒的余醉。

[51]殊:甚,极。伊郁:心情不舒畅。

[52]此句意谓船舷两边的风水之声,自成乐曲,听起来合拍悦耳。宫、商,古代五音(宫、商、角、徵、羽)中的两个音阶,代指音乐。

[53]魏献子之歌钟:魏献子,应为魏庄子(魏献子之父)之误,据《左传》记载,鲁襄公十一年(前 561 年),魏庄子曾接受晋悼公赠送的十八座歌钟。

[54]石钟山之水乐:石钟山,山名,在江西湖口境内。据说石钟山下水石相击,发出的声响如同音乐。参见郦道元《水经注》及苏轼《石钟山记》。

[55]北渚：亭名，在大明湖北，北宋齐州太守曾巩所建。

[56]苇汀(tīng)：生长芦苇的水边之地。渔箔(bó)：插在鱼荡中拦鱼的竹篱笆。

[57]周折：曲折。湾：水流弯曲之处。溆(xù)：水边。

[58]阿：隅，角。

[59]舣(yǐ)：停船靠岸。

[60]山家：山庄。

[61]盖：大概。且：将近。十曲：十道弯儿。

[62]至元甲申：元世祖忽必烈至元二十一年(1284 年)。

明　代

袁洪愈

(一篇)

袁洪愈(1516～1589)，字抑之，号裕春，江苏吴县(今江苏苏州)人。嘉靖二十五年(1546 年)解元，次年中进士。性耿介，刚而不挠，曾上疏弹劾严嵩，被调任外官。严嵩败，他才逐步迁升至南京礼部尚书、吏部尚书，为官四十余年，所居不增一椽，出入徒步，死后还是巡抚周孔教捐金以葬。他关心国家安全，屡次谏陈边防、屯田等要事，还提拔了海瑞、王世贞等名宦。曾任山东提学副使。

游华山漫记

嘉靖癸亥仲春既望[1]，周明溪[2]约游华不注，致谏有“棋敲石上云，并拟[3]蓬莱仙侣；杯引溪边月，同开寰宇尘襟[4]”之句。至则日霁风和，人情畅如也。李西谷[5]、刘吾南[6]对弈山限之堂[7]，亢水阳[8]与明溪浮白饮[9]，联句[10]而吟，余翘首以观，有凌霄[11]之想。刘东明[12]摄衣攀跻[13]，遂随之。造[14]其巅，闻有诵经者危坐[15]窝中，不知何许人也。窝下有泉甘洌可漱[16]，南有坊曰“无极”，北有台曰“遨游”。布席[17]台上，酒数行[18]，月出东岫[19]，景致奇也。因叹：此月之明，此山之高，始天地而始焉，终天地而终焉；吾人者，寓形[20]两间，能几何时？而欲与造物者相为不朽，则必有道矣。徘徊回顾，超然忘物，盖善周君之善赋也。继复合饮华阳宫良久，乘月而归，漏下四十刻[21]矣。西谷公名豸，水阳公名思谦，左右藩伯[22]也；吾南公佃，臬司宪副[23]也；都阃[24]二公，周名敖、刘名焕；王竹泉伦以足疾不至。翼日[25]裕春袁洪愈漫[25]记。

【注释】

[1]嘉靖癸亥:即明嘉靖四十二年(1563 年)。仲春:春季的第二个月,即农历二月。既望:周历以每月十五、十六日至廿二、廿三日为既望。后称农历十五日为望,十六日为既望。

[2]周明溪:即周鳌(1502～1566),字嵘伯,号明溪,浙江仁和(今浙江杭州)人。明嘉靖三十四年(1555 年)中武举,次年丙辰科武举中状元。曾任锦衣卫副千户、都指挥佥事、盐城参将。

[3]拟:比拟,类似。

[4]尘襟:世俗的胸襟。

[5]李西谷:即李豸,生卒年不详,山西阳城(今山西晋城)人。嘉靖二十年(1541 年)进士,曾任山东左布政使、湖北提刑按察使,官声清廉。

[6]刘吾南:即刘佃,生卒年不详,字吾南,明代安成(今江西安福)人,曾任山东按察副使。对弈:下棋。

[7]山隈(wēi)之堂:山的弯曲处宽阔平整之地。

[8]亢水阳:即亢思谦,见前小传。

[9]浮白饮:汉刘向《说苑・善说》:"魏文侯与大夫饮酒,使公乘不仁为觞政,曰:'饮不釂者,浮以大白。'"原意为罚饮一满杯酒,后亦称满饮或畅饮为"浮白"。

[10]联句:作诗方式之一,由两人或多人各成一句或几句,合而成篇。旧传此风始于汉武帝和诸臣合作的《柏梁诗》。

[11]凌霄:凌云。此处意指登上华不注山峰顶。

[12]刘东明:生平事迹不详。

[13]摄衣:提起衣襟。攀跻:攀登。

[14]造:到。

[15]危坐:古人以两膝着地,耸起上身为"危坐",即正身而跪,表示严肃恭敬。后泛指正身而坐。

[16]漱:饮。

[17]布席:铺设坐席。

[18]行:量词,表示斟酒的遍数。

[19]岫(xiù):有洞穴的山。

[20]寓形:寄托形体。

[21]漏下四十刻:即深夜。漏,古计时器,即漏壶,漏壶的箭(标杆)上刻符号表时间。

[22]藩伯:明清时指布政使。

[23]臬(niè)司:元代肃政廉访使司、明清时提刑按察使司的别称,主管一省司

法。宪副:按察副使。

[24]都阃(kǔn):指统兵在外的将帅。

[25]翼日:明日,次日。翼,通“翌”。

[26]漫:随意,胡乱。

亢思谦

(二篇)

亢思谦(1515～1580),小传见前诗歌部分。

游华不注峰记

华不注之奇闻宇内,旧矣。嘉靖壬戌季秋[1]既望,余履齐[2]之三月也,值政务稍清,乃约司农南海黄公可大[3],宪长丰城雷公逵[4],宪副上党李公敏德[5]、安成刘公佃,阃帅仁和周君慜、淮阴刘君焕[6]往游焉。

道故自大明湖出水关,时关门枢[7]腐不可辟[8],乃出齐川门[9],由陆行穿浍亩[10]间。秋雨新霁[11],野无纤埃[12],稻刈方登[13],三农[14]乐岁丰,执手相慰劳,触之令人脱然有遐思[15]。抵华阳宫,会食[16]广庭中。顷则逶迤造山麓[17],仰视孤峰,四无延附,峭拔特起[18],如碧凝黛染,直侵云表[19]。奇石离列[20],若虬龙[21]虎豹,盘踞奋扬。攀缘而登,穷峰之高止焉。俯视齐城[22],若在几席下,群山环峙,泉流交注,湖光树色,映带左右,斜阳暮霭,焜耀[23]飞扬。诚天下奇观也!

夫宇宙既开,兹峰[24]即奠[25],近连城邑,非荒绝僻远之区,顾樵夫贾客[26]过之而不知,宦较[27]来逶[28],或值时多故,困于简书[29]而不及。今圣明久道[30],寰海乂康[31],封域政修[32],民安田里。自公多暇,偕我良朋,悠悠然境物与俱,而中无所系[33];洋洋然造物与游,而外无所营[34]。心畅神怡,得以适[35]吾真[36]焉。孰非君上之赐,遭值[37]之隆耶?于是雷公倡近律一章,各应而和[38]之。晋安亢为之记。

【注释】

[1]嘉靖壬戌:即明嘉靖四十一年(1562 年)。季秋:秋季的最后一个月,农历九月。

[2]履齐:在齐州(济南)任职,亢思谦时任山东右布政使(右藩伯)。

[3]黄可大:生卒年不详,广东番禺人。明嘉靖三十五年(1556 年)进士。

[4]雷逵:生卒年不详,字时渐,江西丰城人。明嘉靖二十年(1541 年)进士,曾任山东按察使。

[5]李敏德:生卒年不详,山西上党(今山西长治)人。明嘉靖二十六年(1547年)进士,曾任河南祥符知县、山东按察副使、陕西左布政使。

[6]刘焕:淮阴人,生平事迹不详。

[7]门枢:门扇的转轴。

[8]辟:开启。

[9]齐川门:济南城东门旧称。

[10]浍(kuài)亩:泛指田间水道。

[11]霁(jì):雨雪停止,天放晴。

[12]纤(xiān)埃:微尘。

[13]稻刈(yì)方登:稻子割了刚刚获得丰收。刈,割。登,成熟,丰收。

[14]三农:古谓居住在平地、山区、水泽三类地区的农民,后泛称农民。

[15]遐思:悠远地思索或想象。

[16]会食:相聚进食。

[17]逶迤(wēi yí):曲折行进貌。造:到。山麓:山脚。

[18]峭拔:指高而陡。特起:耸立。

[19]侵:接近。云表:云外。

[20]离列:罗列。

[21]虬(qiú)龙:传说中的一种龙。

[22]齐城:济南城。

[23]熀(huǎng)耀:即"焜燿",明照,照耀。

[24]兹峰:指华不注山。

[25]奠:立。

[26]樵夫:打柴的人。贾(gǔ)客:商人。

[27]较(jué):车厢。

[28]逶:曲折。

[29]简书:用于告诫、策命、盟誓、征召等事的文书,亦指一般文牍。

[30]久道:长期倡导。道,通"导"。

[31]寰海:海内,全国。乂(yì)康:安定康乐。

[32]封域:疆域,领地。政修:政治清明。

[33]中无所系:指内心无所牵累。中,内心。系,牵系。

[34]营:谋求,谋划。

[35]适:切合,相合。

[36]真:天性,本性。

[37]遭值:犹遇到。

[38]和(hè):以诗歌酬答,依照别人诗词的题材和体裁创作诗词。

续游华不注峰记

癸亥春仲[1]，东省诸大夫为华不注之游，裕春袁公记之详[2]矣。游未十日，麓泉徐公[3]以大参[4]至自江东。甫阅月，方山韩公[5]以长宪[6]至自西晋。再逾[7]月，虹洲秦公[8]以副宪至自浙西。胥[9]闻兹峰之胜也，欣欣仰止[10]，欲寄目[11]偿所愿焉。

适端阳[12]，届期[13]明溪、东明、竹泉乃崇酒张具[14]，速[15]群公续前游。方山、虹洲亭午[16]集同文阁，麓泉及予继至，遂自湖南浮小舟，访后乐亭，出水北门[17]，历三闸，舍舟而乘，入华阳宫。薄暮，复陟[18]峰末，则见裕春所为记，东明已大书勒[19]诸匡石矣。因剔苔藓，辨石上旧题，得往昔纪游名氏仅数人焉。乃相与慨叹曰："自有兹山，则名贤达士穷高而望远者，盖不知其几也！今可考而知者，仅若而人，得非以兹刻尚存耶？时旧游，惟予及明溪、东明在，西谷则以行县[20]莅济阴，吾南则以迁秩[21]入闽粤，裕春亦以校士[22]历东莱[23]。夫春仲迄今未三月，而同游数公往来聚散，若浮沤[24]飞絮，倏忽变幻，已不可定执[25]如此。矧[26]其远者，磨灭[27]无稽，又奚足异耶?"诸公佥[28]曰："诚然哉！诚然哉！胜会[29]难常，良朋易失，今日之游，毋俾[30]即泯泯[31]，可也。"乃为述其语，以为续。

韩公名朝江，徐公名光启，秦公名梁，春游诸名阀[32]已具前记中。晋安亢记。

【注释】

[1]癸亥：即明嘉靖四十二年(1563 年)。春仲：即仲春。

[2]裕春袁公：即袁洪愈，号裕春。记之详：记述详细，即前文袁洪愈的《游华山漫记》。

[3]麓泉徐公：即下文的徐光启(非上海的徐光启)，生平事迹不详。

[4]大参：参政的别称。

[5]方山韩公：即韩朝江，生卒年不详，字顺甫，号方山，陕西醴泉人。嘉靖十年(1531 年)举人，嘉靖二十三年(1544 年)进士，曾任山西高平知县、河南布政司参政、山西按察使，所至皆有善政。

[6]长宪：按察使。

[7]逾：越过；经过。

[8]虹洲秦公：即秦梁，秦瀚子，江苏无锡人。嘉靖二十六年(1547 年)进士，曾任南京太仆寺少卿、浙江布政司左参议、江西右布政使。著有《绍修堂集》《无锡县志》。

[9]胥(xū)：皆，都。

[10]仰止：仰慕，向往。止，语助词。语出《诗经・小雅・车辖》："高山仰止，景

行行止。”

[11]寄目:观看,注视。

[12]适:正好,恰巧。端阳:即端午。

[13]届期:到预定的日期。

[14]崇酒:斟满酒。张具:即“帐具”,谓陈列帷帐几筵,意指备膳。

[15]速:召,请。

[16]亭午:正午。

[17]水北门:即北水门。

[18]陟(zhì):由低处向高处走。

[19]勒:雕刻。

[20]行县:谓巡行所主之县。

[21]迁秩:指官员晋级。

[22]校士:考评士子。

[23]东莱:古地名,今山东龙口。

[24]浮沤(ōu):水面上的泡沫。因其易生易灭,常比喻世事变化无常和生命短暂。

[25]定执:断定。

[26]矧(shěn):况且,而况。

[27]磨灭:消失,湮灭。

[28]佥(qiān):皆,都。

[29]胜会:盛会。

[30]俾(bǐ):使。

[31]泯泯:消失,灭绝。

[32]名阀:名门豪族。

清 代

王曰高

(一篇)

王曰高(1628～1678),字登孺,号北山,山东茌平人。七岁能文,十岁执父丧如成人。顺治十五年(1658 年)中进士,曾任翰林院庶吉士、礼部掌印给事中,做过康熙的启蒙老师。居官二十年,手无余金。著有《槐轩集》。

登华不注记

庚戌孟夏小既日乙卯[1]，偕丹阳贺天士，同里陈正符、温惺还、郝善予，长清郭雷源诸子，约适全椒陶赓臣、新城张寒叔以对策至自都门暨家阮东观，杖马箠出历城东门，为华不注之游。

是日微霧[2]，风清无暑，洒然[3]快之。按辔[4]循河渠，至山下华阳宫重门内，解衣盘礴[5]，憩息久之。诵董玉虬[6]壁间石刻数咏及前光禄丞董君杏所书"忠孝"大字，坐卧其下，少饮且食。望山色之巉岩[7]，听松涛之琴籁，非复尘俗间想矣。日向昃[8]，陶子别去东就来青轩，即旧所为观风亭者，北楹下向户仰卧，欲饱看山色，以当游览。有和壁间黄中丞韵云："先登绝巘思猱[9]健，直入重云[10]羡鸟飞。"固未敢作攀跻[11]想。日之夕矣，起自后圃，出短垣，寻石磴[12]，聊展数武[13]，欲少揽目前野色耳。行行且憩，且憩且行，遂及山之半岩。双桃树下少坐，再招同人之在山麓者，率怯懦不能从。乃与正符、雷源及东观登焉，时仄足似跛，时蒲伏似蜓，或十步一息，或数十步一息。少焉，望见巅之台宇，欣若身陟琳宫[14]也。有石门二，西向题曰"天门"，其南向者题曰"无极境"，一联云"运动洪蒙生一气，劈开混沌产三才"，语亦奇旷，不知何人所作。立危峰[15]，俯芳甸[16]，两河水如环如玦[17]，萦带乎其侧。遥望南山，层峦叠翠，俨若列屏，培塿[18]数点，如泼墨之在帧[19]末。树影参差，映带村墅[20]，大有桃源樵父之意。正符则抵掌[21]谈往事，不觉竦听移时[22]，薄暮[23]乃徐徐下。其西北嵎[24]有洞曰"金牛"者，土人[25]相传，昔有两道人对奕[26]，其间盖仙流也，以日暮未及至之。其山之半有吕仙祠，旁一巨石题曰"飞升岩"，相传为吕公飞仙处。及山麓谒四帝祠[27]出，则与同人联骑。山之右，自东而北，一峰颇类黄冈之筐山而差[28]大。此山周遭不过三里许，宜乎齐侯之三匝而遁[29]，遂成遗迹耳。

或曰"不"当读作"跗"，与"趺"字同，华之萼[30]也。以山形似而命名，义或然欤。昔人有咏云："羞称泰岱儿孙列，独立千秋不署山。"可作注疏矣。

先是丙午重九[31]日，与山茌朱青崖、郭籓东，肥城尹从之，历下张乔臣，同邑冷智寰曾及其半厓仙人阁而止，以力不足故耳。兹来初有难意，不敢自谓必至也，乃不强而自驯至[32]之。天下事有志者竟成，岂不然乎？时日几何，人面顿改，今之同侪[33]，半已星散[34]，重来当在何年？识之以验，它日之力犹能健及此否耶？一笑。

【注释】

[1]庚戌：即清康熙九年（1670 年）。孟夏：夏季的第一个月，农历四月。小既日乙卯：干支记日，这里指四月二十九日。

[2]霒(yīn):同"阴"。

[3]洒然:清凉爽快。

[4]按辔:谓扣紧马缰使马缓行或停止。

[5]盘礴(bō):箕踞,伸开两腿坐。

[6]董玉虬(qiú):即董文骥,字玉虬。见前小传。

[7]巉(chán)岩:险峻的山岩。

[8]昃(zè):日西斜。

[9]猱(náo):猿类,身体敏捷,善攀援。

[10]重云:重叠的云层。

[11]攀跻(jī):攀登。

[12]石磴(dèng):石级,石台阶。

[13]武:脚步。

[14]琳宫:仙宫,亦为道观、殿堂之美称。

[15]危峰:高峻的山峰。危,高,高耸。

[16]芳甸:芳草丰茂的原野。

[17]环:璧的一种,圆圈形的玉器。玦(jué):古时佩带的玉器,环形,有缺口。常用作表示决断、决绝的象征物。

[18]培塿(lǒu):本作"部婁",小土丘。

[19]帧(zhèng):画幅。

[20]映带:景物互相衬托。村墅:乡村房舍,泛指村庄、乡村。

[21]抵(zhǐ)掌:击掌,指人在谈话中的高兴神情,亦因指快谈。

[22]竦听:恭听。移时:经历一段时间。

[23]薄暮:傍晚,太阳快落山的时候。薄,将近,迫近。

[24]嵎(yú):通"隅",偏僻之地,角落。

[25]土人:世代居住在本地的人。

[26]对奕:即"对弈",下棋。

[27]四帝祠:即华阳宫中的四季殿,供奉春(句芒)、夏(祝融)、秋(蓐收)、冬(玄冥)四季神像,实为上古时期的四帝。

[28]差:比较,略微。

[29]指齐、晋鞌之战中"齐师败绩,(晋师)逐之,三周华不注"之事。

[30]萼:花萼、萼片的总称。

[31]重九:指农历九月初九日,又称重阳。

[32]驯至:逐渐达到。

[33]同侪(chái):同伴,伙伴。

[34]星散:分散,四散。

全祖望

（一篇）

全祖望(1705～1755)，字绍衣，号谢山，自署鲒埼亭长，浙江鄞县(今浙江宁波)人，清代著名史学家、文学家，浙东学派的重要代表人物。曾选翰林院庶吉士，为李绂所重用。后因李绂与张廷玉不和，散馆后以知县任用，遂愤而辞官返故里，专心著述，不复出仕。在学术上推崇黄宗羲，注重史料校订，精研宋末及南明史事，留心乡邦文献，于南明史实广为搜罗纂述，贡献甚大。著有《鲒埼亭集》。

游华不注记

予以辛亥[1]七月从历下南归，先束装之一日，向罗学使竹园[2]借骑，往城东游华不注峰。以前此往游时苦寒，弗果[3]登，而前辈盛称[4]鹊华秋色，故再过[5]之。

是日，尚觉炎熇[6]，华阳宫沙门[7]笑曰："檀越[8]之来，不寒则暑，山中乱石横亘，蹊径[9]芜塞，何自苦为[10]？"予不听，策杖[11]至山半，有洞宾祠[12]，盖遗山所梦地也[13]。沙门汲华泉至，拾乱薪烹之。小憩[14]，登其巅，直见渤海。时则天风飒飒[15]，始知秋气[16]；山门青绿隐隐，初有萌芽[17]。道元"单椒秀泽，虎牙兀立"之语[18]，可为神肖[19]，不能复措一词。沙门为予言，明德邸[20]在历下时，此间花鸟之盛，不下虎丘[21]。今则华泉一线，渐淤为小沟，游人亦鲜[22]过者。

于是，西爽[23]渐斜，仆夫促驾，遂循鹊山而西。竹园方治具[24]，话别，乃书此以柬之[25]。

【注释】

[1]辛亥：清雍正九年(1731年)。

[2]罗学使竹园：即罗风彩(1695～1772)，字芑仪，号竹园，石屏(今属云南)人，时任山东学使。学使，提督学政的简称。

[3]果：成就，实现。

[4]盛称：极言称赞。

[5]过：前往，访问。

[6]炎熇(hè)：暑热。

[7]沙门：梵语或者吐火罗语的音译，指佛教僧侣。

[8]檀越：梵语音译，施主。

[9]蹊(xī)径：小路。

[10]何自苦为：为何自讨苦吃。

[11]策杖：拄杖。

[12]洞宾祠：即吕仙祠，内供吕洞宾。吕洞宾，通称“吕祖”，唐末道士，号纯阳子，相传为八仙之一。

[13]元好问梦吕仙而重建吕祖阁(见《历城县志》)，指的是在趵突泉，此系作者误记。遗山，即元好问，字遗山。

[14]小憩(qì)：短暂休息。

[15]天风：风。风行天空，故称。飒飒：象声词，形容风吹动树木枝叶等发出的声音。

[16]秋气：指秋日凄清、肃杀之气。

[17]此两句意谓自山顶回望，山门处隐约的青绿之色，似乎是初生的草木。

[18]此引语见北魏地理学家郦道元所著《水经注·济水》，原文为“华不注山，单椒秀泽，不连丘陵以自高；虎牙桀立，孤峰特拔以刺天。青崖翠发，望同点黛。”单椒：孤峰。秀泽：秀美泽润。虎牙：喻指尖锐的山峰。兀立：直立。

[19]神肖：传神。

[20]明德邸：明代德王府。

[21]虎丘：地名，在今苏州西北，有虎丘塔、剑池等古迹，为著名的游览胜地，有“吴中第一名胜”的美名。

[22]鲜(xiǎn)：少。

[23]西爽：夕阳。

[24]治具：备办酒食，设宴。

[25]此句意谓就写了这篇记文来寄给他。柬：通“简”，信札、信简。此处用作动词。

康有为

(一篇)

康有为(1858～1927)，字广厦，号长素，广东南海人，人称康南海，晚清时期重要的政治家、思想家、教育家，资产阶级改良主义的代表人物。光绪二十一年(1895年)得知《马关条约》签订，联合1300多名举人上万言书，即“公车上书”。光绪二十四年(1898年)开始进行戊戌变法，失败后逃往日本，组织保皇会，鼓吹开明专制，反对革命。辛亥革命后，作为保皇党领袖，他反对共和制，是复辟运动的精神领袖。曾任工部主事。有《万木草堂遗稿》。

新济南记

《诗》曰：“相其阴阳，观其流泉[1]。”地形为人生所托，岂不然哉？故万国都会，靡[2]不讲求之。吾登千佛山，望济南之城，居在山胁之一隅，黄河远来，为弓背之反，阴阳既误，流水又反，所以宅民居、盛都邑者，或未至耶。

夫济南诸山，皆自岱来。泰岱之脉，远出昆仑，自天山南路越祁连山、贺兰山、太行山而东入辽，顿于旅顺之老铁山，渡海为碣石四百岛，复起登州大铁山。吾在旅顺，以远镜望登州山，瞭如[3]也。自大铁山走登莱、青兖而为泰山，其南支行三百六十里尽于济宁，其北支行三百六十里尽于济南，爵山郁勃，挺于中突屹雄奇，为少祖焉。乃出燕子山，出破冈，又出为平陵山，又出为马头山，再出一小冈，伏行平陆数里，突起屹为华不注山。（以上各山皆出于警卒舆夫之音，未知山志合否？姑存之）茏苁崒拔[4]，旁无连附，《水经注》所谓"单椒秀泽，不连陵以自高；虎牙桀立，孤峰特拔以刺天。青崖翠发，望同点黛"者。《水经注》又谓"济水东北经华不注山"，《左传》"晋郤克逐齐顷公，三周华不注"是也。凡济南七十二泉，流入大明湖，汇出会波门，流入小清河。经黄台山，环于华不注山前，会华泉而入于河。若花泉入耙道河，以入沙河，经卧牛山入广平湖，汇华山前入大清河而入于河。大小清河，即济水、泺水也。元郝经诗："济南名泉七十二，会为一水来浸山。"王象春诗："单椒桀立虎牙悬，颔尽狂波七十泉。"田雯诗："水汇知凹臼，兹山乃穿柱。"董文骥诗："东岳势欲尽，余勇贾兹山。"又曰："明湖悬玉镜，泺水泉络绎。历山亦破碎，岳影渺空碧。如孙顾祖祢，如帝朝百辟。"皆证也。志称泺水东北经华不注山者有八闸，皆水利所关，曰呼雷闸，曰斜河闸，曰柳林闸，曰崇正闸，经黄台山前曰利由闸。王象春曰："非六闸齐放，则舟不能抵华麓。若浚宽使通舟，下连蒲、青、海、乐诸县，则齐城为不涸之仓。"其诗"每怜舟至稻屯回，七闸连环未尽开。华岫隔湖若对客，明朝截雨上山来"是也。若夫黄台山在其左，卧牛山在其右，九里山、茅山相与左右之。

癸亥[5]端午节前一日，吾偕戈奭、崔世缮登华不注之麓，镇守使施从滨派材官[6]骑从掖[7]吾行。扪[8]石崎岖，将跻[9]其颠，引远镜四顾，黄河前环，曲曲回抱，龙洞诸山环其左，黄岗诸山环其右。河外鹊山横案肃立，鹊山后萼山、药山、鞍山、匡山、日月轮山、标山，所谓"齐烟九点"者，次第奔赴，戢戢[10]来朝。千百里水灌流于鹊山湖怀家洼，汪荡数十里，前开大原，以纳明阳，千里无际。全国各省之都会，未有能比之者也。若夫华山高挺离立者，盖泰山自碣石诸海岛来此尽结，遗种流传，故复现海岛形，芳泽点黛。诚如李太白所谓"绿秀如芙蓉"，诚如董文骥诗所谓"如孙顾祖祢，如帝朝百辟"，盖北龙之尽结，自然山水拱会也。

《诗》曰："度其鲜原[11]。"《尔雅·释山》曰："小山别，大山为鲜别。"谓不相连也。凡山连属而行者力弱，伏断而行者力强。连属而行者粗恶之气未除，断伏而行者粗恶之代脱尽。华山断而突赴，故丰容尤秀。《诗》之"度其鲜原"，择脱山气、断而复起之山，原宜于居民也，所谓"鲜原宜度"者也。各省都会，山皆相连。南京壮矣，然钟山紫金峰下，谢公墩、鸡鸣埭、北极阁皆略连属，不能尽断。惟北京之翠微山、煤山，乃在平地中高峰突起。扬州则七星山至属冈，亦平地崛起。如苏州之横山，则略断而再起，已稍逝矣。皆所谓鲜原可度者也。然山水之美，皆不若华不注也。诚宜移都会于华不注前，然今亦不必移也，但开一新济南，尤美善矣。今驰道[12]已至黄台山，黄台桥有农林学校在焉。诚宜从黄台桥通驰道于华山前，以华山为公园，稍缀亭台，循花木。先移各学校于山前，驰道间设一公会堂，为吏士公会之所。徙酒楼女闾[13]于其间，因人情之燕乐，藉以开辟之。则游人[14]相率而来，车马杂沓，咸愿受一廛而为氓[15]。乃为之限定园宅之制令，宅地必方十丈以外，宅必楼，瓦必红，宅式不得同，庶几青岛之闳规美观焉。不十年，新济南必雄美冠中国都会。

南海康有为现告于田督军中玉、熊省长炳琦，因记之以谂[16]山东人士。

【注释】

[1]语出《诗经・大雅・公刘》。

[2]靡(mǐ)：无，没有。

[3]瞭如：清楚明白的样子。

[4]茏苁(lóng cōng)：丛聚的样子，引申为繁密茂盛。翠拔：谓青山高耸。

[5]癸亥：民国十二年(1923 年)。

[6]材官：武卒或供差遣的低级武职。

[7]掖：扶持，搀扶。

[8]扪(mén)：攀，挽。

[9]跻(jī)：升登，达到。

[10]戢戢(jí jí)：顺从的样子。

[11]语出《诗经・大雅・皇矣》。

[12]驰道：古代供君王行驶车马的道路，泛指供车马驰行的大道。

[13]女闾：指妓院。

[14]游人：闲散的人，无职业者。

[15]本句语出《孟子・滕文公上》："远方之人，闻君行仁政，愿受一廛而为氓。"廛(chán)：古代平民一家在城邑中所占的房地。后泛指民居、市宅。氓(méng)：指外地迁来之民。

[16]谂(shěn)：规谏，劝告。

引用书目

（以引用先后为序，前面已引书目在后面再引时不再出现）

詹锳主编：《李白全集校注汇释集评》，百花文艺出版社 1996 年版。

王叔岷撰：《列仙传校笺》，中华书局 2007 年版。

（汉）司马相如著，朱一清、孙以昭校注：《司马相如集校注》，人民文学出版社 1996 年版。

（北魏）郦道元著，陈桥驿校证：《水经注校证》，中华书局 2013 年版。

尹占华校注：《张祜诗集校注》，巴蜀书社 2007 年版。

（唐）刘禹锡著，瞿蜕园笺证：《刘禹锡集笺证》，上海古籍出版社 1989 年版。

（宋）朱熹集传，（清）方玉润评，朱杰人导读：《诗经》，上海古籍出版社 2013 年版。

杨伯峻编著：《春秋左传注》，中华书局 2016 年版。

刘学锴、余恕诚：《李商隐诗歌集解》，中华书局 2016 年版。

何宁撰：《淮南子集释》，《新编诸子集成》本，中华书局 1998 年版。

（唐）房玄龄等撰：《晋书》，中华书局 2015 年版。

（元）于钦撰，刘敦愿、宋百川、刘伯勤校释：《齐乘校释》（修订本），中华书局 2018 年版。

（汉）班固撰：《汉书》，中华书局 1962 年版。

（宋）陆游著，钱仲联、马亚中主编：《陆游全集校注》，浙江古籍出版社 2016 年版。

李之亮注：《秦韬玉诗注 李远诗注》，上海古籍出版社 1989 年版。

杨伯峻译注：《论语译注》，中华书局 2009 年版。

鲁迅校录：《古小说钩沉》，齐鲁书社 1997 年版。

（清）方世举撰，郝润华、丁俊丽整理：《韩昌黎诗集编年笺注》，中华书局 2017 年版。

王利器校注：《盐铁论校注》，《新编诸子集成》本，中华书局 1992 年版。

（清）邵晋涵撰，李嘉翼、祝鸿杰点校：《尔雅正义》，中华书局 2018 年版。

（宋）文天祥撰，刘文源校笺：《文天祥诗集校笺》，中华书局 2018 年版。

(唐)韩愈著,马其昶校注,马茂元整理:《韩昌黎文集校注》,上海古籍出版社2014年版。

费振刚、胡双宝、宗明华辑校:《全汉赋》,北京大学出版社1993年版。

(南唐)李璟、李煜著,王仲闻校订,陈书良、刘娟笺注:《南唐二主词笺注》,中华书局2014年版。

(宋)郭茂倩编:《乐府诗集》,中华书局2017年版。

(南朝·梁)萧统编,(唐)李善注:《文选》,中华书局1997年版。

逯钦立校注:《陶渊明集》,中华书局2018年版。

逯钦立辑校:《先秦汉魏晋南北朝诗》,中华书局2017年版。

林忠军:《易纬导读》,齐鲁书社2002年版。

(汉)司马迁撰:《史记》,中华书局2014年版。

(清)郭庆藩撰:《庄子集释》,《新编诸子集成》本,中华书局2013年版。

(唐)李贺著,吴企明笺注:《李长吉歌诗编年笺注》,中华书局2012年版。

(宋)洪兴祖编,白化文点校:《楚辞补注》,中华书局2015年版。

(清)孙希旦撰,沈啸寰、王星贤点校:《礼记集解》,十三经清人注疏本,中华书局1989年版。

(宋)李清照著,徐培均笺注:《李清照集笺注》,上海古籍出版社2017年版。

(清)严可均辑:《全上古三代秦汉三国六朝文》,中华书局2017年版。

(唐)杜甫撰,(清)仇兆鳌注:《杜诗详注》,中华书局2015年版。

(唐)沈佺期、宋之问撰,陶敏、易淑琼注:《沈佺期宋之问集校注》,中华书局2017年版。

赵幼文校注:《曹植集校注》,中华书局2016年版。

杨伯峻撰:《列子集释》,中华书局2012年版。

(晋)陆机著,杨明校笺:《陆机集校笺》,上海古籍出版社2016年版。

李剑国辑校:《新辑搜神记 新辑搜神后记》,中华书局2007年版。

(明)程荣纂辑:《汉魏丛书》,吉林大学出版社1992年版。

(南朝·齐)谢朓著,曹融南校注集说:《谢宣城集校注》,上海古籍出版社1991年版。

黄明校编:《王昌龄诗集》,江西人民出版社1981年版。

(宋)陆游著,钱仲联校注:《剑南诗稿校注》,上海古籍出版社2005年版。

(清)彭定求等编:《全唐诗》,上海古籍出版社1986年版。

邱美琼、胡建次编著:《张先诗词全集》,崇文书局2018年版。

(宋)惠洪、费衮撰,李保民、金圆校点:《冷斋夜话 梁溪漫志》,上海古籍出版社2012年版。

(唐)王维著,(清)赵殿成笺注:《王右丞集笺注》,上海古籍出版社2010

年版。

(晋)郭璞注,(清)郝懿行笺疏,沈海波校点:《山海经》,上海古籍出版社2015年版。

(南朝·宋)鲍照著,钱仲联增补集说校:《鲍参军集注》,上海古籍出版社2008年版。

(唐)白居易著,朱金城笺注:《白居易集笺校》,上海古籍出版社1988年版。

张纯一撰,梁运华点校:《晏子春秋校注》,中华书局2017年版。

(汉)韩婴撰,许维遹校释:《韩诗外传集释》,中华书局1980年版。

(南朝·梁)沈约撰:《宋书》,中华书局1974年版。

(明)李攀龙著,包敬第标校:《沧溟先生集》,上海古籍出版社2014年版。

(宋)司马光集注,刘韶军点校:《太玄集注》,中华书局2013年版。

(清)倪璠注,许逸民校点:《庾子山集注》,中华书局1980年版。

(宋)范仲淹撰:《宋本范文正公文集》,国家图书馆出版社2017年版。

廖立笺注:《岑嘉州诗笺注》,中华书局2004年版。

郭齐笺注:《朱熹诗词编年笺注》,巴蜀书社2000年版。

许维遹集释,梁运华整理:《吕氏春秋集释》,《新编诸子集成》本,中华书局2009年版。

杨伯峻译注:《孟子译注》,中华书局2010年版。

(南朝·梁)刘孝标注,余嘉锡笺疏:《世说新语笺疏》,中华书局2011年版。

(明)高启著,徐澄宇、沈北宗校点:《高青丘集》,上海古籍出版社2013年版。

(宋)周密撰,黄益元校点:《齐东野语》,上海古籍出版社2012年版。

孙望编著:《韦应物诗集系年校笺》,中华书局2002年版。

(金)元好问著,狄宝心校注:《元好问诗编年校注》,中华书局2011年版。

[日]安居香山、中村璋八辑:《纬书集成》,河北人民出版社1994年版。

(宋)窦苹著,石祥编著:《酒谱》,中华书局2010年版。

(唐)段成式撰,许逸民校笺:《酉阳杂俎校笺》,中华书局2015年版。

(宋)张耒撰,李逸安等点校:《张耒集》,中华书局1990年版。

(汉)郑玄注,(唐)贾公彦疏:《周礼注疏》,上海古籍出版社2010年版。

王水照主编:《王安石全集:临川先生文集》,复旦大学出版社2016年版。

(唐)慧能著,郭朋校释:《坛经校释》,中华书局1983年版。

张兆勇:《谢灵运集笺释》,中国社会科学出版社2017年版。

(古印度)龙树菩萨著,(晋)鸠摩罗什译,弘学校勘:《大智度论校勘》,社会科学文献出版社2014年版。

(唐)李肇、赵璘撰:《唐国史补 因话录》,上海古籍出版社1979年版。

徐元诰撰，王树民、沈长云点校：《国语集解》（修订本），中华书局 2002 年版。

刘学锴撰：《温庭筠全集校注》，中华书局 2007 年版。

（清）王文诰注，孔凡礼校：《苏轼诗集》，中华书局 2016 年版。

（宋）陈亮著，邓广铭点校：《陈亮集》（增订本），中华书局 1987 年版。

（清）胡德琳主修：《乾隆历城县志》，《续修四库全书》第 694 册，上海古籍出版社 1995 年版。

上海古籍出版社、上海世纪出版集团编：《十三经注疏》，上海古籍出版社 1997 年版。

（后晋）刘昫等撰：《旧唐书》，中华书局 1975 年版。

（宋）司马光编著，（元）胡三省音注：《资治通鉴》，中华书局 2018 年版。

（唐）李延寿撰：《南史》，中华书局 2016 年版。

杨明照撰：《抱朴子外篇校笺》，《新编诸子集成》本，中华书局 1997 年版。

（晋）葛洪撰，胡守为校释：《神仙传校释》，中华书局 2010 年版。

（清）孔广森撰，王丰先点校：《大戴礼记补注》，中华书局 2013 年版。

（三国・魏）阮籍著，陈伯君校注：《阮籍集校注》，中华书局 2015 年版。

（汉）何休解诂，（唐）徐彦疏：《春秋公羊传注疏》，上海古籍出版社 2014 年版。

（明）茅维编，孔凡礼点校：《苏轼文集》，中华书局 1986 年版。

（唐）李鼎祚撰，王丰先点校：《周易集解》，中华书局 2016 年版。

（清）刘体恕汇辑：《吕洞宾全集》，华夏出版社 2009 年版。

（晋）张华撰，范宁校证：《博物志校证》，中华书局 2014 年版。

（南朝・梁）宗懔撰，（隋）杜公瞻注，姜彦稚辑校：《荆楚岁时记》，中华书局 2018 年版。

（汉）刘向撰，向宗鲁校：《说苑校证》，中华书局 1987 年版。

许浩编：《华不注山诗文资料汇编》，山东大学出版社 2017 年版。

《清代诗文集汇编》编纂委员会编：《清代诗文集汇编》，上海古籍出版社 2010 年版。

《山东文献集成》编纂委员会编：《山东文献集成》，山东大学出版社 2006 年版。

汉语大字典编辑委员会编纂：《汉语大字典》（九卷本），崇文书局、四川辞书出版社 2010 年版。

罗竹风主编：《汉语大词典》（十三卷本），汉语大词典出版社 1994 年版。

臧励龢等编：《中国人名大辞典》，上海书店出版社 2016 年版。

张㧑之等主编：《中国历代人名大辞典》，上海古籍出版社 1999 年版。

钱仲联主编：《中国文学家大辞典・清代卷》，中华书局 1996 年版。

后 记

2014年，由山东青年政治学院文化传播学院牵头的地域文化传播研究中心成立。中心成立之后，为了更好地服务地方经济社会的发展，积极与历城区人大联系，共商校地联合开展研究历城区域文化、传播历城传统文化的大计。为此，文化传播学院院长刘绍芹教授特邀时任济南市历城区人大党组书记、第一副主任、《齐烟韵远说华山》一书的作者阴波先生来到山青讲坛，作了题为"华不注，济南的文化坐标——齐烟韵远说华山"的讲座，这引起了我们对于华不注山的极大兴趣。随后，作为地域文化研究中心的成员，我们承担了《华不注山诗文选注》的工作。

华不注山作为见载《春秋》的古战场和唐代大诗人李白曾经登临赋诗的名山，历代以来一直是济南当之无愧的文化坐标。尤其是明清以来，大量文人来此登临赋诗作文。我们从历代文人作品中选择诗歌325首，散文7篇，予以标点、校勘、注释，希望能够让更多的人领略到华不注山在古代文人眼中的魅力。

本书最终能够面世，首先要感谢阴波主任和刘绍芹院长。阴波主任对华不注山的关注指引了我们地域文化研究的方向。尤其要感谢的是，阴波主任亲自为本书题写了书名。刘绍芹院长一直关注着本书的进展，每次见面，总是询问我们的工作进度。更为重要的是，刘院长等院领导一致同意把本书列为山东省高水平应用型专业群建设和地域文化研究的重点培育项目予以资助。非常感谢山东大学民俗学研究所所长张士闪教授、山东青年政治学院科研处原处长权福军教授对本书的指导和支持，感谢山东青年政治学院为本书提供了第七届学术专著出版基金资助。

还要特别感谢山东大学出版社的编辑傅侃女士和刘森文先生。他们辛勤工作，认真校对书稿，使本书的一些错误得以纠正。在此对他们致以由衷的敬意和谢忱。

本书稿的启动时间虽早，但由于我们还承担着比较繁重的教学、管理等工作，所以实际的选注工作，主要是在最近两年完成的。因此，我们的工作，"爬罗剔抉，刮垢磨光"，则或有之；"沉浸浓郁，含英咀华"，其实未能。希望广大读者，有以教我。

张振　许浩

2018年12月